Ulf Kreth, am 12. November 1971 in der niedersächsischen Stadt Salzgitter geboren, studierte Germanistik und Anglistik und unterrichtet heute an einer Schule in Braunschweig. Er ist verheiratet und zweifacher Vater.

Im Jahre 2006 wurde sein erstes Werk „Was Kurzes", eine Sammlung von Kurzprosa, veröffentlicht (Heimdall Verlag, ISBN: 978-3-9807736-7-6). Ferner erschien ebenfalls 2010 im BoD-Verlag „Denn Sie wissen nicht, was Sie tun" (ISBN: 978-3-8391906-4-7), eine Sammlung von Kurzprosa zum Thema Umwelt- und Tierschutz.

Der amerikanische Autor Richard Connell publizierte im Januar 1924 seine erfolgreiche Kurzgeschichte „The Most Dangerous Game", die mehrfach als Filmvorlage diente. Nicht nur, dass Ulf Kreth dieses Werk erstmalig ins Deutsche übersetzt hat, er hat es ebenso in „Das grausamste Spiel" eigenen Vorstellungen entsprechend adaptiert.

Wie im Original, so strandet auch in seiner Neubearbeitung der Amerikaner Rainsford auf einer Karibikinsel, die einem reichen und exzentrischen Russen, General Zaroff, gehört. Zaroff ist wie sein unerwarteter Gast leidenschaftlicher Jäger und hat auf der Insel ein Schloss errichten lassen. Das dient ihm als Ausgangspunkt für die größte Herausforderung, die er sich als Jäger wünschen kann: der Jagd auf Menschen. Als Rainsford das Angebot des Generals ablehnt, gemeinsam mit diesem zu jagen, wird er plötzlich selbst zur begehrten Beute des Russen. Ein Spiel um Leben und Tod beginnt.

Ulf Kreth

# DAS GRAUSAMSTE SPIEL

nach Richard Connell

und andere Erzählungen

© Ulf Kreth, 2010
4. überarbeitete und erweiterte Auflage
Herstellung und Verlag:
Books on Demand GmbH, Norderstedt
Printed in Germany
ISBN 978-3-8391-5331-4

# Inhalt

*Der Vernunft und meinen Kindern*
*Charlotte und Richard*
*gewidmet!*

„Solange der Mensch der rastlose Zerstörer alles Lebens bleibt, das er als niedrig ansieht, wird er nie wissen, was Gesundheit bedeutet, wird er nie wirklich Frieden finden.

Alles, was der Mensch den Tieren antut, kommt auf den Menschen wieder zurück." (Pythagoras)

Der kleine Igel kam aus dem Feld,
Groß lag sie vor ihm die Welt,
Spannend roch es und gar nicht fremd,
Er wanderte drauf los, völlig ungehemmt.
Erreichte einen schwarzen, unbekannten Grund,
Obacht galt es, also kugelte er sich rund.
So wartete er eine Weile,
Aber er war auch nicht in Eile.
Da nichts passierte, schritt er weiter,
Er pfiff ein Lied und betrug sich heiter,
Trällerte schön lustig vor sich hin,
Eine Gefahr kam ihm nicht mehr in den Sinn,
So achtete er nicht auf das Brummen,
Er war ja selber noch am Summen,
Sah nicht die rasend hellen Augen,
Hörte nicht das wütend tiefe Schnauben,
Das da rollte ihm entgegen,
„Igel, höchste Zeit, sich schneller zu bewegen,
Doch du hörst mir gar nicht zu,
Genießt die Welt und deine Ruh',
Kleiner Igel, so pass doch auf!"
Aber das Donnern nimmt seinen Lauf,
Zu spät dreht er sich um -
Langsam wird es wieder stumm,
Da ist kein Summen mehr, kein Pfeifen,
Nur der Abdruck von 'nem Reifen.

„Je früher unsere Jugend von sich aus jede Rohheit gegen Tiere als verwerf-
lich anzusehen lernt, je mehr sie darauf achtet, dass aus Spiel und Umgang
mit Tieren nicht Quälerei wird, desto klarer wird auch später ihr Unterschei-
dungsvermögen werden, was in der Welt der Großen Recht und Unrecht ist."
(Theodor Heuss)

## Das grausamste Spiel nach Richard Connell

„Wer gegen Tiere grausam ist, kann kein guter Mensch sein." (Arthur Schopenhauer)

### Kapitel 1

Fast lautlos glitt die „Mona Lisa" durch die schwüle, wolkenverhangene Tropennacht. Kein einziges Gestirn war auszumachen und völlige Dunkelheit umgab die Yacht. Nur deren hell erleuchtetes Deck schien wenige Meter hinein in die Finsternis. Das Schiff schnitt sich förmlich durch die schwere Luft und trotz des Fahrtwindes kam sie den beiden Männern wie ein nasser Lappen vor, der ihnen ins Gesicht schlug, als sie aus dem Inneren hinaus aufs Achterdeck zur Reling traten. Wortlos zog Charles Whitney ein Metalletui aus der Tasche, öffnete es und bot Charlton Rainsford, seinem Auftraggeber und Millionärssohn aus New York City, eine Zigarette an. Letzterer nickte kurz, entnahm eine und ließ sich Feuer geben. Einige Momente lang rauchten beide still und blickten ins Schwarze. Dann deutete Whitney ins Dunkle und sagte: „Irgendwo dort hinten, vielleicht fünf oder sechs Kilometer von unserer jetzigen Position entfernt, befindet sich eine große Insel, die auf den meisten Seekarten nicht eingetragen ist."

Rainsford, der über die Jagd der letzten Tage sinniert hatte, brauchte einen Augenblick, um Whitneys Worte zu begreifen. Schließlich fragte er: „Welche Insel ist es denn?"

„Die Eingeborenen nennen sie ‚La Trampa del Mar'", antwortete Whitney.

„‚Die Falle des Meeres'?"

„Ja, ein äußerst ominöser Name, finden Sie nicht auch? Die Menschen dieser Gegend haben eine Heidenangst vor dem Ort."

„Welch törichter Aberglaube. Ein durch und durch primitives Volk!"

„Mag sein. Seltsam ist nur, dass es niemanden gibt, der jemals von ihr zurückgekehrt ist, so erzählt man."

„Ammenmärchen", murmelte Rainsford gereizt. „Ich kann nichts erkennen." Angestrengt spähte er in die feuchttropische Nacht, von der die Yacht umschlossen war und die man fast greifen konnte.

„Sie haben zwar gute Augen, und ich erinnere mich daran, wie Sie letztes Jahr in Alaska einen Elch erlegt haben, der sich im braunen Herbstwald gute 300 Meter entfernt von uns bewegte. Aber selbst Sie können keine sechs Kilometer durch eine mondlose Karibiknacht blicken."

„Das ist wohl wahr", bestätigte Rainsford. „Ich kann wirklich kaum sechs Meter weit sehen. Verdammte Tropen! Wie klammer schwarzer Samt, der den ganzen Körper umhüllt. Wenn es in ihnen nicht das interessanteste Wild gäbe, dann…" Rainsford verstummte mitten im Satz und die Falte, die sich auf seiner Stirn zeigte, war Whitney in vielen Jahren nur allzu bekannt geworden, in denen er Rainsford auf dessen zahlreichen Jagden rund um den Globus begleitet hatte; sie drückte eine Mischung aus Zorn, Enttäuschung und Ungeduld aus. Vor allem aber bedeutete sie, rasch für Ablenkung zu sorgen, bevor der verwöhnte Millionärssohn wie ein Vulkan ausbrach und anfing, seine Umgebung aufs Ärgste zu beschimpfen.

„In Caracas wird es hell genug sein und unser Hotel hat eine Klimaanlage", versprach Whitney. „Wir sollten es dorthin innerhalb der nächsten vier Tage schaffen. Und die Gewehre von Purdey's werden bestimmt auch schon angekommen sein und für einige richtig gute Jagden am Orinoco sorgen."

Wie erwartet hellte sich Rainsfords Miene auf: „Die beste Sportart der Welt", schwärmte er.

„Für den Jäger. Nicht für den Jaguar", gab Whitney zu bedenken und fluchte innerlich, widersprochen zu haben.

„Reden Sie keinen Stuss, Whitney", schimpfte Rainsford. „Sie sind doch Großwildjäger! Oder zumindest lassen Sie sich wie ein solcher bezahlen. Wen interessiert's dann schon, wie sich ein Jaguar fühlt?"

„Vielleicht den Jaguar", gab Whitney kleinlaut zu bedenken.

„Quatsch! Ein Jaguar ist nur ein Tier und das hat schließlich keinen Verstand."

„Mag sein, aber ich glaube, dass er eins versteht – Furcht. Die Furcht vor Schmerz und die Furcht vor dem Tod."

„Unsinn", brüllte Rainsford und seine Stirn war nun voller Falten. „Diese Hitze hat Ihr Gehirn weich gekocht, Whitney. Wenn Ihnen Ihre Arbeit nicht mehr passt, dann verlassen Sie doch in Caracas mein Schiff." Eingeschüchtert schüttelte Whitney den Kopf. „Die Welt besteht aus zwei Klassen: den Jägern und den Gejagten. Und ich werde *immer* zu den Jägern gehören! Bei Ihnen, Whitney, bin ich mir da nicht mehr so sicher." Da Whitney schwieg, fuhr Rainsford philosophisch fort: „Selbst Moses hat gesagt: ‚Macht Euch die Erde untertan.' Ist es nicht so, Whitney?"

Whitney zweifelte, ob er darauf etwas erwidern oder nicht besser schweigen sollte. „Aber hat er da wirklich so etwas gemeint?" Es wäre klüger gewesen, nichts gesagt zu haben, aber nun konnte er nicht mehr zurück. „Wollte Moses wirklich damit sagen, dass wir hingehen und Gottes Geschöpfe nur zu unserem Vergnügen über den Haufen schießen sollten? Das kann ich mir nicht vorstellen."

Hätte sich Whitney getraut, Rainsford in diesem Moment anzuschauen, dann wären ihm nicht nur tiefe Furchen auf dessen Stirn, sondern auch die Adern am Hals aufgefallen. „Es scheint mir, als seien Sie nicht mehr ganz bei Sinnen, als sei nicht nur Ihr Hirn durch die Sonne weich geworden. Woher dieses verdammte, sentimentale Geschwätz? Hat die ‚Trampa del Mar' Sie eingeschüchtert und feige und schwach gemacht?" Da Whitney schwieg, fügte Rainsford mit einer Eiseskälte hinzu: „Manchmal könnte ich *Sie* glatt über den Haufen schießen."

Whitney behielt nun sein Schweigen bei. Warum hatte er bloß den Mund aufgemacht? War vielleicht tatsächlich die Insel schuld daran? Auf jeden Fall war es zweifelsohne doch das Gescheiteste, in einem derartigen Moment nichts zu sagen. Nach einer Weile hatte sich Rainsford auch wieder beruhigt. „Glauben Sie, dass wir jetzt an der Insel vorüber sind?"

„Das kann ich in dieser Dunkelheit nicht genau sagen. Ich hoffe es." Rainsford runzelte erneut die Stirn und Whitney sprach schnell weiter, um ihm eine Erklärung zu geben: „Haben Sie gar nicht bemerkt, wie nervös die Crew den ganzen Tag über gewesen ist? Jeder Matrose der Karibik kennt die grauenvollen Geschichten der Insel und keiner von ihnen würde Sie zur Insel bringen, geschweige denn, selbst einen Fuß darauf setzen. Das ist sicherlich auch der Grund, weswegen sie auf den wenigsten Karten verzeichnet ist. ‚Und führe mich nicht in Versuchung.'"

„Eingeborenengeschwätz. Dieser närrische Aberglaube der primitiven Inselvölker ist wirklich zum Kotzen! Vielleicht sollte ich einfach im nächsten Hafen die Besatzung austauschen. Dermaßen alberne Angst kann einem wirklich den letzten Spaß verderben."

„Mag sein. Aber ich glaube, dass Matrosen häufig einen siebten Sinn haben, der ihnen Bescheid gibt, wenn sie sich

in Gefahr befinden. Und dieser lässt sie das Böse wahrnehmen – vielleicht durch irgendwelche Wellen wie beim Schall
oder Licht. Ein unseliger Ort kann, so scheint es, Schwingungen des Bösen aussenden." Als Whitney sich beim letzten
Satz zu Rainsford drehte, erkannte er erneut tiefe Falten.
Um einem weiteren Wutausbruch aus dem Weg zu gehen,
fügte er deshalb hastig hinzu: „Wie dem auch sei, ich bin
froh, dass wir aus dem Gebiet fahren. Ich denke, ich werde
zu Bett gehen, Rainsford."

„Tun Sie das. Ich will noch eine Pfeife rauchen."

„Gute Nacht dann, Rainsford. Ich sehe Sie beim Frühstück."

„Ja, gute Nacht, Whitney. Ich erwarte, dass Sie morgen
wieder bei Sinnen sind und kein dummes Zeug mehr reden!" Nach einer angedeuteten Verbeugung begab sich
Whitney ins Innere des Schiffes. Er hoffte sehr, dass der
mürrische Rainsford am folgenden Tag seine schlechte
Laune verloren haben würde.

„Was für ein Idiot", schimpfte Rainsford in die Nacht hinein.
Er war über Whitneys Äußerungen noch immer verärgert
und sollte ihn zurück in die Staaten schicken. Zwar war
Whitney, den er seit seiner Kindheit kannte und der ihn auf
fast allen seiner Jagdreisen begleitet hatte, ein zweifellos
großartiger Fährtenleser und Jäger, aber er verlor ganz
offensichtlich mehr und mehr den nötigen Verstand und die
erforderliche Härte. Whitney war in den letzten Jahren zu
rührselig und weichherzig geworden. Das war an diesem
Abend abermals deutlich geworden. Es gab Herrscher und
Beherrschte, so wie es Jäger und Gejagte gab; und Rainsford
zählte sich ohne Zweifel zur ersten Kategorie – so war es
sein gesamtes Leben lang gewesen und so würde es auch in
Zukunft sein. Geld bedeutete Macht und davon hatte er
dank seines Vaters mehr als genug. Jeder war käuflich.

„Ich sollte in Caracas aufs nächste Schiff zurück nach New York gehen und diesem arroganten, streitsüchtigen Arsch ein für allemal Lebewohl sagen", dachte Whitney, als er seine Kabinentür erreichte. Womöglich hatte Rainsford recht mit dem, was er ihm vorwarf, und er war tatsächlich zu weich geworden. In den vergangenen Monaten hatte Whitney immer häufiger am Sinn ihrer zahllosen Jagden gezweifelt und zuweilen sogar Reue empfunden, wenn Rainsford, der Unmensch, einmal mehr gnadenlos und wie in Rage alles geschossen hatte, das ihm vor die Flinte lief. In jüngster Zeit verspürte er mehr und mehr den Wunsch, dem verwöhnten Millionärssohn den Rücken zu kehren. „Wenn nur sein Vater nicht so gut zahlen würde. Noch ein weiteres Jahr, dann ist das Haus in Cape Cod abgezahlt und ich kann mich zur Ruhe setzen. Bloß noch ein Jahr", beschloss er und ging hinein. Doch selbst der Gedanke an seine Veranda, die aufs Meer hinausblickte und sonst düstere Tage licht werden ließ, die der entscheidende Grund für den Kauf gewesen war, stimmte ihn keineswegs glücklich nach diesem Entschluss. Ihm war zu sehr bewusst, dass er seine Seele prostituierte.

Rainsford saß unterdessen träge in einem Sonnenstuhl auf dem Achterdeck und rauchte seinen Lieblingstabak. Die schläfrige Schwere der Nacht umhüllte ihn. „Es ist so dunkel", konstatierte er, „dass ich schlafen könnte, ohne meine Augen zu schließen." Außer dem dumpfen Pochen der Maschine und dem leichten Wellengang durch die Schraube, die die Yacht zügig durch die Dunkelheit brachte, war kein Laut zu vernehmen. Langsam legte sich Rainsfords Groll und Müdigkeit nahm stattdessen den Platz ein. Er begann zu dösen und bemerkte nicht, wie sein Tabak erlosch und die Pfeife kurz davor war, ihm aus der Hand zu fallen. Nur sein anerzogener Charakter, nichts loszulassen, was einmal ihm gehörte, verhinderte den Verlust.

Ein plötzlicher Laut schreckte ihn auf. Er musste eingeschlafen sein und wusste einen Moment lang nicht, wo er sich befand und wie spät es war. Fast meinte er, geträumt zu haben, doch dann vernahm er zum wiederholten Male das Geräusch. Rechts von ihm hatte er es gehört und seine Ohren, erfahren in dieser Hinsicht, konnten sich nicht irren. Und erneut ertöntes es. Irgendwo in all der Schwärze hatte jemand dreimal geschossen.

Rainsford sprang auf und stürzte neugierig, aber noch ein wenig schlaftrunken zur Reling. Angestrengt blickte er in die Richtung, aus der die Schüsse gekommen waren. Doch war es, als ob man versuchte, durch eine Wolldecke zu schauen. Die möglichen Folgen ignorierend, sprang er auf die Reling, um an Höhe zu gewinnen. Dabei wurde seine Pfeife gegen ein Seil und ihm daraufhin aus der Hand geschlagen. Instinktiv griff er nach ihr und verlor dabei das Gleichgewicht. Im Fall stieß er einen kurzen heiseren Schrei aus, der abrupt unterbrochen wurde, als er ins lauwarme Wasser der Karibik eindrang.

Innerhalb von Bruchteilen einer Sekunde hatte sich seine Kleidung vollgesogen und er musste sich mühevoll an die Oberfläche kämpfen. Dort angekommen kostete ihn jede Bewegung nicht weniger Kraft. Er versuchte zu rufen, jedoch schlugen die Wellen des sich entfernenden Schiffes ihm ins Gesicht und das Salzwasser in seinem offenen Mund ließ ihn würgen und schnitt ihm Luft und Stimme ab. Verzweifelt begann er mit kräftigen Schlägen den Lichtern der Yacht hinterherzuschwimmen, aber schon nach wenigen Metern hörte er auf. Es hatte keinen Sinn. Aber es war nicht das erste Mal, dass er sich in einer schwierigen Situation befand und eine gewisse Ruhe kam in ihm auf. Jetzt galt es, Besonnenheit und einen klaren Kopf zu bewahren. Er wägte seine Optionen ab: Es bestand durchaus die Möglichkeit, dass seine Schreie von jemandem an Bord der Yacht gehört worden waren. Allerdings wurde die Wahrscheinlichkeit kleiner und kleiner, da das Schiff mit unverminderter Geschwindigkeit weiterfuhr. Er musste seine Kräfte sparen und so schlüpfte er mühsam aus seiner Kleidung und rief mit seiner ganzen Kraft der Yacht ein letztes Mal nach. Doch ihre Lichter wurden beständig schwächer, zu schwindenden Glühwürmchen, bis sie schließlich nach wenigen Minuten gänzlich von der Nacht verschluckt worden waren.

Jetzt kam Panik auf. Er musste sie unbedingt unterdrücken und seine Nerven bewahren. Trotz der milden Temperaturen des Wassers wurde ihm merklich kälter und jeder Zug kostete nicht nur Kraft, sondern auch Überwindung. Seine Zuversicht, diese äußerst prekäre Lage zu überleben, hatte er mit dem Verschwinden der Yacht verloren. Was für ein grausamer Tod zu ertrinken! Nach einer Weile büßte der Gedanke daran seinen Schrecken ein und Rainsford erlebte ein schläfriges Wohlempfinden. Wie töricht es auch gewesen war, auf die Reling zu springen! Wieso war er eigentlich darauf geklettert? Und dann fielen Rainsford die Schüsse ein und er fühlte, wie diese Erinnerung ihm unverhofft neue Energie zuführte. Ein warmer Strom fuhr durch seine Glieder und sein Verstand war plötzlich hellwach. Woher waren die Schüsse gekommen? Er durfte sich nicht täuschen, denn er hatte nur diese eine Chance. Steuerbord. War er sich sicher? Ja, er hatte sich auf der rechten Seite befunden, als er sie hörte. Verbissen schwamm er in die ausgemachte Richtung mit langsamen, bedächtigen Zügen, um seine

Kräfte zu schonen. Eine ihm endlos scheinende Zeit kämpfte er gegen die See. Seine finalen Reserven würden bald aufgebraucht sein. Wie weit war er bereits gekommen; wie weit würde er noch schwimmen müssen; schwamm er überhaupt in die richtige Richtung? Er begann, seine Züge zu zählen; er würde möglicherweise hundert mehr schaffen und dann –

Trotz des endlosen Wassers um ihn herum hörte Rainsford ein Geräusch. Es kam aus der Dunkelheit unmittelbar vor ihm: ein hoher, schriller Ton, der Laut eines Tieres unter extremen Schmerzen oder Angst. Welches Tier jenen Laut ausgestoßen hatte, vermochte er nicht mit Bestimmtheit zu sagen. Es war in diesem Augenblick auch völlig unwichtig, deswegen versuchte er es nicht einmal, sondern schwamm mit letzter Kraft Richtung Schrei. Nur ein paar Züge später hörte er ihn erneut. Plötzlich wurde der Schrei unterbrochen durch ein anderes, ihm ebenfalls vertrautes Geräusch: den Schuss einer Pistole.

Kaum fünf Minuten später konnte Rainsford stehen. Der weiche Untergrund fühlte sich himmlisch unter seinen nackten Füßen an. Die restliche Strecke musste er allerdings auf allen Vieren durch den Sand kriechen, so erschöpft war er. Nach etwa 50 Metern gelangte er an einen dichten Dschungel, der an den Strand grenzte. Dort warf er sich völlig verausgabt auf den Boden und fiel sogleich in den tiefsten Schlaf seines Lebens.

## Kapitel 2

Als Rainsford erwachte, spürte er als Erstes seinen Körper. Zwar hatte der lange Schlaf ihm neue Kraft gegeben, doch sämtliche Glieder schmerzten und enormer Hunger und vor allem Durst plagten ihn. Anhand der Stellung der Sonne konnte er erkennen, dass es bereits später Nachmittag war. Er schaute sich um und dachte: „Wo es Pistolen gibt, da gibt es auch Menschen. Und wo es Menschen gibt, da gibt es auch etwas zu essen." Aber wer sollte an einem derart unmenschlichen Ort leben?

Ein wild wuchernder Dschungel stand wie eine undurchdringliche Mauer vor ihm. Ein Weg durch das eng zusammengewachsene Netz aus Büschen und Bäumen war nicht auszumachen. Einfacher war es, am Ufer entlangzugehen, und das tat er.

Unweit der Stelle, wo Rainsford gestrandet war, hielt er inne. Ein verwundetes Tier war mit voller Wucht ins Unterholz gedrungen. Davon zeugten niedergedrückte Pflanzen und getrocknetes Blut auf Moos und Steinen. Ein kleines, glänzendes Objekt fiel Rainsford ins Auge und er hob es auf. Es war eine leere Patronenhülse. „9 mm", stellte er verwundert fest. Das war recht ungewöhnlich, weil es den Spuren nach ein Tier von etwa der Größe eines Menschen gewesen sein musste. Dennoch hatte der Jäger die Nerven besessen, es mit einem ziemlich kleinen Kaliber anzugreifen. Und es war ganz offensichtlich, dass das Tier den Jäger angreifen wollte. Wahrscheinlich hatte der erste der drei Schüsse, die er gehört hatte, die Beute aufscheuchen sollen, während die beiden anderen sie töteten.

Er betrachtete den Strand genauer und entdeckte, was er zu finden gehofft hatte: Abdrücke von Jagdstiefeln. Ihre Spur verlief am Rand des Dschungels in die Richtung, die er bereits eingeschlagen hatte. Neben dem Hunger und Durst trieb eine frisch erwachte Hoffnung ihn nun an. Der schmerzende Körper schien vergessen. Er musste sich ohnehin beeilen, wollte er nicht hungrig und durstig eine weitere Nacht im Freien verbringen. In diesen Breitengraden, zu dieser Jahreszeit kam die Nacht bald und nahezu ohne Dämmerung, wusste Rainsford.

Die Sonne war längst hinter den Dschungel gesunken und bald würde es stockfinster sein. Das Meer war schon schwarz und die Vegetation warf lange Schatten auf den Strand, als Rainsford endlich Lichter ausmachte. Er war auf sie getroffen, als er um eine Biegung in der Küstenlinie zu einer kleinen Bucht kam. Zuerst meinte er, auf ein Dorf gestoßen zu sein, da der Ort so hell erleuchtet schien. Als er jedoch näher herankam, erkannte er zu seiner großen Verwunderung, dass all die Helligkeit von einem einzigen riesigen Gebäude stammte. Nur seine spitzen Türme tauchten in die Finsternis ein. Er wollte seinen Augen kaum glauben, aber vor ihm erhob sich in der rasch zunehmenden Dunkelheit halb verborgen ein palastartiges Gebäude. Es stand stolz und pompös auf einem Hügel. Wer hatte auf einer gottverdammten Insel wie dieser ein solches Schloss erbauen lassen? Und vor allem wozu, fernab jeglicher Zivilisation? Ihm wäre es nie in den Sinn gekommen, hier leben zu wollen. Es musste sich um einen wahrhaftig exzentrischen Reichen handeln. Durch seinen Vater kannte er eigentlich sämtliche Anwesen der High Society in der Karibik, viele aufgrund seiner Reisen sogar persönlich. Nicht jedoch dieses. Wäre nicht gerade ein derartiger Besitz Gesprächsstoff gewesen? Wie hätte der Eigentümer ihn geheim halten können vor der stets geschwätzigen feinen Gesellschaft?

„Eine Illusion", schlussfolgerte Rainsford und schüttelte kräftig den Kopf, um aus dem Traum zu erwachen. Aber nein, das majestätische Schloss blieb. Es war also real, musste er sich eingestehen, als er von der Anlegestelle, an der ein prächtiges Segelboot fest vertäut lag, durch das hohe, mit Spitzen versehende Eisentor schritt. Einem Kiesweg folgte er die Anhöhe hinauf durch einen gepflegten Garten und gelangte zu einer breiten Marmortreppe, welche wiederum zu einer massiven Tür führte. An dieser befand sich ein eiserner Löwenkopf als Türklopfer. Wozu ein Türklopfer? Wurden tatsächlich Gäste in dieser Wildnis erwartet? Fast gespenstisch war das alles, musste er sich eingestehen. Auf der Brüstung thronten stolz halbnackte Statuen antiker Götter. Über allem hing ein Hauch von Surrealem. Die Szene wirkte ähnlich wie die Darstellungen einiger Bilder eines spanischen Malers, den er kürzlich auf einer Ausstellung in einem New Yorker Museum gesehen hatte.

Etwas verstört hob er den Türklopfer an, der sich mit einem lauten Knarren wehrte, als ob er noch nie zuvor benutzt worden war. Wer hätte ihn auch betätigen sollen? Kraftvoll ließ Rainsford ihn dreimal gegen die Tür hinunterschnellen. Das darauf folgende laute Dröhnen überraschte ihn und zerschnitt die bereits eingesetzte Stille der nahenden Nacht. Die Antwort war jedoch lediglich ein dumpfes Schweigen. Er wartete eine Weile und war gerade im Begriff, erneut anzuklopfen, als er endlich Schritte im Inneren vernahm. Deutlich hatte er sie gehört, dennoch blieb die schwere Tür verschlossen. Ungeduldig hob er noch einmal den metallenen Türklopfer und ließ ihn fallen. Dann öffnete sich die Tür so plötzlich, als ob sie auf einer Springfeder säße. Rainsfords Augen schmerzten durch das unerwartet grell herausstrahlende Licht. Schützend hielt er eine Hand vor die Augen und vernahm das Profil eines großen Mannes. Als er sich schließlich an die Helligkeit gewöhnt hatte, stand vor ihm tatsächlich ein Hüne, der bis zum oberen Teil des Türrahmens emporragte. Seine muskulösen Arme, die breit waren wie Rainsfords Oberschenkel, und der schwarze Bart, der dem Riesen bis zur Hüfte hing, waren außergewöhnlich. Er trug eine schwarze Livree, die mit Goldrändern besetzt war. Völlig wortlos und steif verharrte er aufgerichtet vor Rainsford und hielt in seiner rechten Hand einen langläufigen Revolver, mit dem er geradewegs auf Rainsfords Herz zielte. Über dem Wust von Bart betrachteten Rainsford zwei kleine, eiskalte blaue Augen, die sich mit durchdringendem Blick reglos an ihn geheftet hatten.

„Kein Grund zur Sorge", sagte Rainsford schnell und lächelte freundlich. „Ich bin kein Verbrecher. Ich bin gestern Nacht von einer Yacht gefallen und zu dieser Insel geschwommen. Mein Name ist Charlton Rainsford aus New York City. Mein Vater ist John D. Rainsford."

Hatte der Name seines Vaters ihm sonst Zugang zu jedem Ort der bekannten Welt bedeutet, hier verfehlte er seine gewohnte Wirkung. Der bedrohliche Blick in den Augen des Bärtigen änderte sich nicht im Geringsten. Nach wie vor zeigte der Revolver so unnachgiebig auf Rainsford, als ob der Riese eine Statue wäre. Nichts deutete darauf hin, dass er Rainsfords Worte verstanden oder sie gar gehört hätte.

„Ich bin Charlton Rainsford aus New York City", begann Rainsford von Neuem, sprach aber diesmal bewusst langsam und akzentuiert. „Ich bin von einem Schiff gefallen. Ich habe Hunger und Durst." Er reichte dem Hünen seine rechte

Hand, um ihn zu begrüßen und fügte herzlich hinzu: „Erfreut, Sie kennenzulernen!"

Die Riese zog mit seinem Daumen am Hahn des Revolvers und Rainsford spürte, wie Angst in ihm aufstieg. Sein stummes Gegenüber war anscheinend kurz davor, ihn zu töten. Schnell hob er deswegen beide Hände in die Höhe, um dem Hünen zu signalisieren, dass er unbewaffnet war und keine Gefahr bedeutete. Dennoch veränderte der Riese seine Haltung zunächst nicht. Erst einen langen Augenblick später salutierte er, schlug seine Hacken zusammen und stand stramm, ohne jedoch die Waffe zu senken.

Ein Mann trat neben den Riesen. Er war schlank und hoch gewachsen, mittleren Alters und hatte gepflegtes weißes Haar. Seine Augenbrauen und sein spitzer militärischer Oberlippenbart waren so schwarz wie die Nacht, die sich mittlerweile hinter Rainsford befand. Die Augen des Mannes waren ebenfalls schwarz, doch äußerst strahlend. Er hatte hohe Wangenknochen, eine markante Nase und das Gesicht eines Mannes, der gewohnt war, Befehle zu geben. Es war ohne Zweifel das Gesicht eines Adligen. In feiner Abendkleidung stand er neben dem Riesen und musterte Rainsford mit einer Mischung aus Neugierde und Freude. Dann streckte er seine Hand aus und begrüßte Rainsford mit einer gepflegten Stimme, die einen feinen osteuropäischen Akzent besaß: „Es ist mir eine große Freude und Ehre in meinem bescheidenen Haus Herrn Charlton Rainsford, den gefeierten Jäger und Sohn des legendären John D. Rainsford, begrüßen zu dürfen. Treten Sie doch bitte ein!"

Rainsford ließ sich durch eine Eingangshalle bugsieren und stand nur einen Moment später in einer prachtvollen, gewölbten Halle, an deren Seiten zwei von Samtvorhängen gesäumte Marmortreppen in das nächste Geschoss führten.

Von der mindestens zehn Meter hohen Decke hing ein riesiger Kronleuchter, der die einzige Lichtquelle war und über dem sich eine hell erleuchtete, mit feinsten Malereien verzierte Kuppel öffnete. Obwohl er in den vornehmsten Kreisen verkehrte, beeindruckte ihn diese Halle. Automatisch schüttelte Rainsford die Hand des Mannes, und als er seinen Blick kurz zum Riesen schwenkte, erkannte er verwundert, dass dieser seine Position in keiner Weise verändert hatte und weiterhin unbeirrt mit der Pistole auf sein Herz zielte.

„Sie müssen wissen, dass ich Ihr Buch über die Schneeleopardenjagd in Tibet gelesen habe und seitdem ein stiller Bewunderer Ihrer Person bin", erklärte der Mann. „Es gibt nicht viele Menschen, die mich beeindruckt haben, aber Sie gehören definitiv dazu. Aber wo sind meine Manieren? Mein Name ist General Zaroff." Endlich wandte sich der General dem Riesen zu und nickte kaum erkennbar, woraufhin der bärtige Hüne seine Pistole in ein Holster steckte, welches er unter seiner Jacke versteckt trug. Dann teilte ihm der General etwas in Taubstummensprache mit. Dazu bewegte er ein wenig die Lippen und gestikulierte fein. Der Riese salutierte nochmals und entfernte sich.

„Ivan ist ein schrecklich kräftiger Bursche, doch unglücklicherweise ist er taubstumm", sagte der General. „Mir ist er absolut treu ergeben, aber eben ein einfacher Kamerad. Das heißt, er besitzt wie jeder seiner Rasse etwas von einem Wilden." Rainsford stutze und der General erklärte lächelnd: „Er ist Kosake, so wie ich. Aber kommen Sie, wir sollten hier nicht mitten im Eingang stehen und plaudern."

Der General führte Rainsford in die Bibliothek, in der ein großes gemütliches Ledersofa, eine Chaiselongue, mehrere Sessel sowie ein massiver eichener Sekretär standen. An den Wänden befanden sich Regale bis unter die Decke, die gefüllt waren mit Büchern verschiedenster Art. Rainsfords Blick betrachtete überrascht die Vielfalt und Menge der Werke.

„Wissen Sie, wir befinden uns hier eine halbe Tagesreise von der nächsten Stadt entfernt. Und Unterhaltung ist nicht immer vorhanden, deswegen lese ich viel. Hauptsächlich über die Jagd. Aber darüber möchte ich mich später noch mit Ihnen ausführlich unterhalten. Ich habe mitbekommen, dass Sie von einer Yacht gefallen sind. Wie konnte Ihnen ein solches Unglück widerfahren?" Der General wies Rainsford einen der Sessel zu und sie setzten sich einander gegenüber. Während er ihnen einen Cognac eingoss und die beiden eine kubanische Zigarre rauchten, berichtete Rainsford knapp von seinem ungewollten Abenteuer. Den wahren Grund, die Schüsse, die er gehört hatte, erwähnte er nicht. Sein Instinkt, der ihn zeit seines Lebens nicht im Stich gelassen hatte, warnte ihn vor verfrühter Vertraulichkeit.

„Sie haben sehr viel Glück gehabt. Nicht nur, weil Sie meine Insel gefunden haben, sondern auch, weil Sie kein Opfer der Haie geworden sind. Sie müssen wissen, dass die Gewässer um die Insel herum als haifischreichstes Gebiet der Karibik gelten. Aber Sie sind sicherlich müde und hungrig. Wir werden morgen weiterreden. Es ist so angenehm, Sie als Gast zu haben - jemanden mit Kultur, der meine Leidenschaft teilt. Nun gut, es reicht, ich muss mich noch ein wenig gedulden. Jetzt möchten Sie Kleidung, Speisen und vor allem Ruhe. Es wird Ihnen an nichts fehlen. Dies hier ist der erholsamste Ort auf Erden. Wir befinden uns fernab von jeglicher Hektik."

Ivan war zurückgekehrt und der General sprach mit ihm erneut durch Gesten und stumme Lippenbewegung.

„Bitte folgen Sie Ivan, Herr Rainsford", sagte der General. „Er wird Ihnen ein bescheidenes Zimmer zeigen, wo Sie auch etwas zum Anziehen finden. Ferner wird er in etwa einer Viertelstunde warme Speisen zubereitet haben und Ihnen bringen. Bitte entschuldigen Sie, wenn es nicht schneller geht und das Zimmer einfach ist, aber wir haben heute nicht mit einem so prominenten Gast gerechnet. Falls Sie noch weitere Wünsche haben, schreiben Sie sie bitte auf. Ivan versteht Ihre Sprache. Papier und Füllfederhalter befinden sich auf dem Tisch in Ihrem Zimmer. Wir können, wenn es Ihnen recht ist, beim Frühstück unsere Konversation fortsetzen. In gut einer Stunde, bevor ich selbst zu Abend esse, werde ich Sie kurz noch einmal besuchen, um mich nach Ihrem Befinden zu erkundigen."

Die Speisen waren vorzüglich und der Wein großartig gewesen. Rainsford konnte kaum glauben, dass ein so grober Mensch wie Ivan derartige Köstlichkeiten hergerichtet hatte. Das Bett war äußerst bequem und der glänzende Pyjama aus feinster Seide. Sein erschöpfter Körper, das wurde ihm nun schlagartig bewusst, als er sich aufs Bett legte, sehnte sich nach Ruhe. Und so fiel Rainsford innerhalb weniger Minuten in einen tiefen, erholsamen Schlaf, aus dem er auch nicht erwachte, als der General etwas später mehrfach sacht an seine Tür klopfte und schließlich auch ohne Einladung eintrat. Während er den friedlich schlummernden Rainsford still eine Weile betrachtete, lächelte er. Dann schloss er fast lautlos die Tür und ging noch immer lächelnd die Treppe hinab zu Ivan.

Durch die wenigen engen Spalten der schweren Vorhänge drangen vereinzelte Lichtstrahlen, als Rainsford erwachte.

Er spürte noch immer, wie viel Kraft ihn die letzten beiden Tage gekostet hatten, nachdem er aufgestanden und zu einem Fenster gegangen war, um einen Vorhang zur Seite zu ziehen. Schlagartig durchflutete Helligkeit das Zimmer. Die Uhr auf der Kommode zeigte halb neun Uhr an. Neben ihr befand sich eine Karte, auf der mit fein-säuberlicher Schrift geschrieben stand, dass der General ihn im Speisesaal zum Frühstück erwartete. Auf einem Bügel hingen eine khakifarbene Hose und ein weißes Hemd. Rainsford bemerkte, als er beides anzog, dass sie von einem Londoner Schneider stammten, welcher für gewöhnlich für niemanden schnitt und nähte, der nicht zumindest den Rang eines Herzogs hatte. Und auch die Schuhe, die er daneben fand, waren meisterhaft handgefertigt und zeigten, dass Zaroff nicht nur über einen fast grenzenlosen Reichtum, sondern auch über den Zugang und die Beziehungen zu den exquisitesten Modeschöpfern der alten Welt verfügen musste. Aber das waren die Kreise, in denen er auch einkaufte und verkehrte. Wieso kannte er den General dann nicht? Rainsford spürte ein Unbehagen aufkommen, das er nur schwer unterdrücken und sich rein sachlich nicht erklären konnte.

„Ah, wie schön! Ich sehe, dass Ihnen alles passt, als sei es für Sie gemacht", rief der General entzückt, als Rainsford in den Speisesaal eintrat.

Der Saal, zu dem Ivan ihn geführt hatte, war in vielerlei Hinsicht außergewöhnlich: Er besaß eine mittelalterlich-feudale Herrlichkeit mit seinen eichenen Täfelungen, seiner hohen Decke, die mit Fresken der griechischen Göttin Artemis geschmückt war, und dem gewaltigen Tisch, woran mindestens drei Dutzend Menschen essen konnten. An den Wänden hingen zahlreiche Jagdtrophäen in Form verschiedenster Tierköpfe: Löwen, Tiger, Elefanten, Elche, Bären – größere und makellosere Exemplare, als Rainsford jemals gesehen hatte. Am riesigen Tisch saß der General, ganz allein. „Wie erfreulich, dass mich mein Augenmaß also noch nicht täuscht. Kommen Sie doch hierher, lieber Rainsford. Ich habe direkt neben mir decken lassen. Das macht Ihnen doch nichts aus?"

„Im Gegenteil, General Zaroff. Es wäre ermüdend und würde unsere Konversation beträchtlich erschweren, müsste ich mich Ihnen vom anderen Ende des Tisches mitteilen."

„Nicht wahr. So setzen Sie sich doch bitte. Was darf Ivan Ihnen zubereiten?"

Ausgiebig aß Rainsford und ließ sich wie am Abend zuvor von Ivans kulinarischen Künsten verzaubern. Besonders die auf eine ihm unbekannte, aber deliziöse Art zubereiteten Wachteleier übertrafen die besten Restaurants New Yorks. Und einmal mehr war Rainsford von dem Riesen beeindruckt. Während des Frühstücks musste Rainsford erneut über sein Unglück berichten. Als er jedoch seine eigentlichen Pläne nannte, kamen sie zu dem Thema, das den General am meisten interessierte. Ausgiebig unterhielten sie sich zunächst über Rainsfords Buch, um anschließend ihre Erfahrungen und Meinungen zur Jagd auszutauschen. Erst kurz vor Mittag erhoben sie sich und, während der General Rainsford sein Schloss zeigte, setzten sie ihr Gespräch fort. Durch zahllose Gänge, Salons und Galerien wanderten sie. Offenbar sammelte Zaroff neben seinen Jagdtrophäen, die in kaum einem Zimmer fehlten, auch Statuen der Artemis'. Rainsford schmunzelte bei diesem Anblick. Sein Leben war ebenfalls durch diesen herrlichen Sport bestimmt, aber er fand die Einrichtung ein wenig übertrieben, teilweise sogar kitschig und der Stellung des Generals unangemessen. Diese Huldigung einer antiken Göttin hatte seiner Meinung nach nichts mehr mit der Jagd als solche gemein. Es unterstrich allerdings das Exzentrische des Generals. Und Rainsford begann, dessen skurrilen Geschmack als ein Zeichen minderen Verstandes und somit als Schwäche zu verstehen. Mitten hinein in die Ausführungen des Generals über seine letzte Jagd in Schwarzafrika fragte er:

„Was jagen Sie eigentlich auf dieser Insel?"

Zaroff verstummte augenblicklich und sah Rainsford einen Moment lang an. „Wie meinten Sie, Herr Rainsford?"

„Bevor ich von meiner Yacht ins Meer fiel, hatte ich drei Schüsse vernommen. Und später noch weitere. Außerdem habe ich am Strand Patronenhülsen sowie eine Spur eines verwundeten Tieres entdeckt. Nun, General Zaroff, welches Wild jagen Sie hier?"

„Sie müssen sich verhört haben, denn..."

Schroff unterbrach Rainsford die Ausflüchte: „General Zaroff, wieso wollen Sie mich für dumm verkaufen? Haben Sie etwa Angst, dass ich Ihr Geheimnis der Welt mitteilen könnte und Sie sich eines Morgens einer Schar Sonntagsjägern am Strand gegenüberfinden?" Rainsford erkannte das Zögern des Generals. „Das ist doch absurd! Weder bin ich ein altes Waschweib, das Geheimnisse ausposaunt, um anzugeben, noch käme irgendjemand auf die Idee, Sie auf dieser Insel, Gott weiß wo in der Karibik, zu besuchen. Wovor also fürchten Sie sich, General?"

Zaroffs Augen wurden schmal, während er Rainsford so ausgiebig musterte, als sähe er ihn in diesem Moment zum ersten Mal. Rainsford setzte gerade an, weiterzubohren − der General kam ihm zuvor und sagte kühl: „Ivan wird Sie auf Ihr Zimmer bringen, wo Sie einige leichte Speisen finden werden. Auch habe ich einige Bücher über die Jagd, von denen ich meine, dass sie Ihr Interesse treffen werden, dorthin bringen lassen. Unser Gespräch war äußerst erfrischend, zugleich ermüdend, sodass ich mich zurückziehe. Ich treffe Sie später zum Souper." Hierauf drehte er sich um und ging rasch den Gang hinab, in dem sie sich befanden. Rainsford schaute ihm verwirrt hinterher. Nur einen Augenblick später erschrak er heftig, als Ivan ihm auf die Schulter tippte. Der Riese war, ohne dass Rainsford ihn bemerkt hätte, von hinten an ihn herangetreten und gab ihm nun durch ein leichtes Nicken das Zeichen zu folgen. Aus der Konfusion wurde schlagartig Fassungslosigkeit: Wie hatte sich dieser große Mensch so lautlos an einen derart erfahrenen und aufmerksamen Jäger, wie er selbst es ohne Zweifel war, heranschleichen können?

Etwas Obst, das so frisch gewesen war, dass es von der Insel stammen musste, und ein Glas Wein hatte Rainsford zu sich genommen. Alles andere hatte er nicht angerührt, weil er keinen Hunger verspürte. Gedankenversunken saß er in einem Sessel. Wieder und wieder ging er im Geiste das Ende des Gesprächs durch. Was hatte den General dermaßen konsterniert, dass er ihn wie einen kleinen Lausbuben aufs Zimmer geschickt hatte? Zaroffs Reaktion schien ihm widersinnig. Er fühlte sich beengt und wollte nicht bis zum Abendessen auf seinem Zimmer warten. Was er nun brauchte, war ein Spaziergang. Da er vom Garten noch nichts gesehen hatte außer dem, das er durch die Fenster hatte erkennen können, beschloss er, sich nun ein Bild auch ohne seinen Gastgeber davon zu machen.

Die Tür ließ sich nicht öffnen. Er war eingesperrt. Wie ein rechtloser Gefangener saß er hoch in einem der Türme des Schlosses, fernab der modernen Welt. Niemand wusste, dass er noch lebte. Und wie Whitney ihm erzählt hatte: Kein Mensch würde ihn hier suchen, weil keiner den Mut besäße, diese gottverdammte Insel zu betreten. Einen Moment lang beschlich ihn ein unbehagliches Gefühl. Jeder andere hätte es Angst genannt, aber das wollte er nicht, das konnte er, Charlton Rainsford, sich nicht eingestehen. Lebensbedrohliche Situationen gehörten seit vielen Jahren zu seinem Alltag. Aber wieso meinte er, sich in einer solchen zu befinden? „Was ist nur los mit dir? Bleib rational!" fluchte er laut und hämmerte mehrere Male mit geballter Faust gegen die Tür. Nichts geschah. Einmal glaubte er, Schritte im Flur zu hören, aber die Tür blieb verschlossen. Mit einem weiteren Glas Wein ließ er sich wiederum im Sessel nieder und überlegte: Der General ruhte wahrscheinlich und Ivan war taub. Vielleicht hatte Zaroff dem Riesen befohlen, ihn zu seiner eigenen Sicherheit einzuschließen. Das klang durchaus plausibel, obgleich es ihn insgeheim nicht überzeugte. Vor allem widersprach es jeder Etikette und zeugte nicht von einem guten Gastgeber. Zumindest hätte Zaroff ihn darüber in Kenntnis setzen müssen. Rainsfords Beklemmung wechselte zu Unmut. Sobald er den General sähe, würde er ihn um eine Erklärung bitten. Nein, er würde eine Begründung für diesen Stubenarrest verlangen. Außerdem würde er von Zaroff fordern, ihn unversehens in die nächste Stadt zu bringen. Nachdem er seine Entschlüsse gefasst hatte, wich die Anspannung und Rainsford nickte ein.

Die Sonne war bereits untergegangen, als Ivan ihn abholte. Wortlos begleitete Rainsford den Riesen zusammen mit einer Mischung aus Hader und Ruhelosigkeit in den Speisesaal, in dem der General wie am Morgen allein an dem großen Tisch saß und ihn lächelnd erwartete.

„Herr Rainsford", rief er freudig und erhob sich. „Bitte nehmen Sie wieder an meiner Seite Platz!" General Zaroff deutete auf den Stuhl zu seiner Rechten. „Ich hoffe, Sie haben den Nachmittag genutzt, sich von Ihren Strapazen vollkommen zu erholen. Ich habe noch so viel mit Ihnen vor." Ein süffisantes Lächeln zeigte sich in Zaroffs Gesicht.

Die überschwängliche Begeisterung irritierte Rainsford zutiefst; kein Anzeichen mehr von der Reserviertheit bei ihrem letzten Abschied. Was führte Zaroff im Schilde? Vorsicht war geboten! Der General besaß zwei Gesichter, dessen war er sich mittlerweile nur allzu sicher. Welch ein gerissener Jäger. Aber er würde ihm nicht auf den Leim gehen! Dafür war er selbst zu clever.

„General", begann Rainsford den Konter.

„Nun setzen Sie sich doch erst einmal. Sie müssen hungrig sein. Und eine Stärkung sollten Sie unbedingt zu sich nehmen!" Erneut lächelte der General - diabolisch.

„General, ich verlange, die Insel morgen früh verlassen zu können!"

„Iwo, iwo. Weswegen denn so ungeduldig? Welche Geschäfte können denn nicht warten? Meinem Wissen nach führt Ihr Vater allein das Familienimperium. Sie sind doch von Beruf ..." Einen Moment lang schien der General nach den richtigen Worten zu suchen. Dann lächelte er wiederholt und sagte: „Verzeihen Sie mir, aber ich glaube, man nennt es in Ihrer Sprache: Sohn."

Sprachlos und offenen Mundes starrte Rainsford den General an. Selbst einem Russen hätte er diese Impertinenz nicht zugetraut. Bevor er etwas erwidern konnte, fing der General lauthals an zu lachen und setzte sich.

„Verzeihen Sie mir den Scherz! Wenn man längere Zeit hier verbringt mit dem ungehobelten Ivan als seinem einzigen Genossen, der ja nicht zu den Gesprächigsten gehört, leidet manchmal ein wenig das eigene Benehmen."

Verdrießlich blickend nahm Rainsford Platz.

„Ich akzeptiere Ihre Entschuldigung, General Zaroff. Allerdings ändert sie nichts an meinem Wunsch, diese Insel morgen zu verlassen."

Der General schaute nicht von seinem Teller auf, der mit Borschtsch gefüllt war, der reichhaltigen roten Suppe mit Sahne, die dem russischen Gaumen so lieb und teuer ist. Schließlich wandte er sich Rainsford zu: „Bitte vergeben Sie mir, sollte etwas fehlen. Wir tun unser Bestes, die Annehmlichkeiten der Zivilisation zu wahren, aber wir befinden uns fernab von allem. Finden Sie, dass der Wein unter der langen Reise übers Meer gelitten hat?"

„Nicht im Geringsten, doch ändert auch der Wein nichts an meinem Entschluss, die Insel so schnell wie möglich verlassen zu wollen", bekräftigte Rainsford.

„Vielleicht", mutmaßte General Zaroff, „waren Sie überrascht, dass ich Ihr Buch kannte? Sehen Sie, ich habe wirklich alle Bücher über das Jagen gelesen, die auf Englisch, Französisch, Deutsch und Russisch in den letzten 50 Jahren veröffentlicht worden sind. Ich habe nur eine einzige Leidenschaft im Leben, Herr Rainsford: die Jagd."

„General, Sie ignorieren meine Äußerung. Und weswegen war meine Zimmertür überhaupt abgeschlossen? Gibt es dafür irgendeine Erklärung?"

„Sie möchten sicherlich einen Cocktail, Herr Rainsford", schlug der General ausweichend vor und lächelte Rainsford an.

Rainsford schüttelte den Kopf. Er spürte, wie das Verhalten Zaroffs ihn zunehmend verärgerte. Die Falten auf seiner Stirn entgingen dem aufmerksamen Blick des Generals nicht. Dennoch sprach dieser ruhig und sorglos: „Ich habe einige stattliche Köpfe hier, wie Sie bereits heute Morgen bemerkten. Der Kaffernbüffel dort ist bestimmt der größte, den Sie jemals gesehen haben."

Rainsford blickte wütend in die Richtung, in die der General zeigte. Ja, der Bursche war ein Monster.

Trotz seines tiefen Grolls musste er sich mit Interesse erkundigen: „Hat er Sie angegriffen?"

„Oh, er hat mich gegen einen Baum geschleudert. Das brach mir den Schädel und mehrere Rippen. Aber ich habe ihn erwischt."

„Ich bin stets der Ansicht gewesen, dass der Kaffernbüffel das gefährlichste Wild für den Jäger ist."

Einen Moment lang erwiderte der General nichts. Aus einem unbekannten Grund zögerte er, doch schließlich sagte er betont langsam: „Nein, Herr Rainsford, das ist falsch. Der Kaffernbüffel ist *nicht* das gefährlichste Wild, das gejagt werden kann." Bedächtig nippte er an seinem Wein. „Sie haben mir vorhin eine Frage gestellt, deren Antwort ich Ihnen schuldig geblieben bin. Sie hatten absolut recht mit Ihrer Behauptung, dass ich hier auf meiner Insel jage, und zwar ein viele riskantere Bestie als einen harmlosen Kaffernbüffel."

Von einem auf den anderen Moment war jegliche Wut in Rainsford verflogen. Er lachte triumphierend: „Ich wusste es doch! Und um welche Art von Großwild handelt es sich?"

„Um das aufregendste und schrecklichste überhaupt!", sagte der General heiser, als bliebe ihm die Luft weg.

„Es lebt auf Ihrer Insel tatsächlich Großwild?"

„Aber nein, es ist selbstverständlich nicht von Natur aus auf der ‚Trampa del Mar'. Ich muss es hierhin bringen lassen."

„Ach was. Sie haben doch nicht etwa Tiger importiert?", fragte Rainsford freudig erregt.

Der General lachte laut, als hätte ihm Rainsford einen Witz erzählt: „Herr Rainsford, Sie müssen scherzen. Tiger? *Tiger*! Sie sind ohne Zweifel amüsant, lieber Rainsford." Das Lachen des Generals wurde so heftig, dass selbst der taubstumme Ivan kurz hereinkam, um nach dem Rechten zu schauen. Als er erkannte, dass es seinem Herrn gut ging, entfernte er sich schnell wieder. Empört fragte Rainsford in eine Pause hinein, was an seiner Frage derart komisch gewesen sei.

„Herr Rainsford, Tiger zu jagen, interessiert mich schon seit vielen Jahren nicht mehr. Ich habe ihre Möglichkeiten ausgeschöpft, verstehen Sie? Sie bedeuten für mich absolut keinen Nervenkitzel mehr, geschweige denn eine wirkliche Gefahr. Und ich lebe für beide. Das, was ich brauche, ist die tödliche Herausforderung!"

Aus seiner Tasche nahm der General ein goldenes Etui und bot seinem Gast eine lange schwarze Zigarette mit silbernem Mundstück an. Diese war parfümiert und roch nach Weihrauch.

„Wir werden eine großartige Jagd haben, Sie und ich", prophezeite der General. „Es wird ein Vergnügen sein, Sie in meiner Gesellschaft zu wissen."

„Wir? Sie wollen mit mir auf Ihrer Insel jagen gehen?", fragte Rainsford erstaunt, doch auch mit einer deutlichen Spur von Begeisterung.

„Aber natürlich. Und Sie werden verborgene Regionen Ihres Wesens wiederfinden - dessen bin ich mir absolut sicher -, die Sie längst verloren glaubten. Denn ich darf mit aller Bescheidenheit behaupten, dass ich etwas längst Vergessenes der Jagd zurückgegeben habe. Ich habe dafür eine Art der Jagd wiederbelebt, die zwar uralt - so alt wie die Menschheit selbst -, aber Opfer unserer Zivilisation geworden ist. Sie erzeugt ein Gefühl, das wir als gesegnete Jäger unglücklicherweise durch unsere Erfolge haben einbüßen müssen. Erlauben Sie mir, Ihnen ein Glas Portwein einzugießen?"

„Danke sehr, General."

Der General füllte beide Gläser und fuhr fort: „Einige Menschen macht Gott zu Künstlern: zu Dichtern, Komponisten oder Malern. Wenige macht er auch zu Königen, viele zu Bettlern. Der Jäger ist der König der Künstler, weil er eine eigene, reale Welt, seine Vorstellung der Welt, kreiert. Ähnlich wie ein Gärtner entscheidet er, wer in seinem Reich das Anrecht auf ein Dasein erhält. Ein Jäger ist dadurch das Ebenbild Gottes. Denn auch er bestimmt über Leben und Tod, so wie es unser Herr seit Ewigkeiten vollzieht. Stets erinnere ich mich der Worte meines Vaters: ,Hast du zwischen der Jagd und einer Frau zu wählen, geh zur Jagd und nimm ein Leben. Denn sonst wird dir bald dein eigenes fehlen, auch ist es immer schöner, zu nehmen als zu geben.'"

Obgleich Rainsford das kurze Gedicht der Form nach ziemlich laienhaft und plump fand, nickte er anerkennend. Mit der Aussage war er ohnedies gleicher Meinung.

„Erinnern Sie sich noch an das erste Tier, das Sie erlegt haben? Wie Ihr ganzer Körper vom Rausch gezittert hat; wie Sie erfüllt waren von diesem herrlichen Gefühl unendlicher

Macht. Ein weiser Mann meinte einmal: ‚Wer Macht nicht besitzt, verliert das Recht zum Leben.' Dem stimme ich ohne Einschränkung zu. Was meinen Sie zu diesem Sinnspruch, lieber Rainsford?"

„Hat ihr Vater das behauptet?"

Der General lachte schallend auf. „Nein, lieber Rainsford, wegen dieses albernen Gedichts überschätzen Sie den Verstand meines Vaters maßlos. Hitler hat das gesagt."

„Hitler? Dieses Schwein, das für den Tod tausender guter Amerikaner verantwortlich ist! Und Millionen Ihrer Landsleute hat er ebenfalls abschlachten lassen", rief Rainsford voller Empörung.

Der General schmunzelte. „Das stimmt, ist aber durchaus verständlich. Auch mich befriedigt nichts so sehr, füllt mich dergestalt mit dem Recht auf Dasein wie das Wissen, überlegen zu sein, wie die Erfahrung, einem anderen Wesen sein Leben genommen zu haben. Wenn ich diese Gier zu töten, das heißt, meine Mordlust gestillt habe, fühle ich mich himmlisch, dann bin ich gottgleich."

Rainsford schaute den General voller Entsetzen an. Dieser ließ sich dadurch keineswegs verunsichern und sagte: „Wissen Sie, mein Vater war ein sehr reicher Mann mit über 5000 Hektar fruchtbarem Land auf der Krim. Er weckte in mir die Leidenschaft für die Jagd. Als ich gerade mal fünf Jahre alt war, gab er mir eine kleine Waffe, die er eigens für mich in Moskau hatte anfertigen lassen, um damit Spatzen zu schießen. Als ich mehrere seiner wertvollen Fasanen damit aus purem Vergnügen erlegt hatte, bestrafte er mich nicht. Im Gegenteil, er war stolz und beglückwünschte mich zu meiner Treffsicherheit. Meinen ersten Bären tötete ich im Kaukasus, da war ich zehn. Es wäre mir nicht möglich, Ihnen zu sagen, wie viele Tiere ich auf allen Kontinenten unserer Erde geschossen habe: Grizzlybären in Ihren Rockies, Krokodile am Ganges, Nashörner in Ostafrika. Ihnen wird es diesbezüglich sicherlich kaum anders gehen. Die Verletzung, die mir der verfluchte Kaffernbüffel in Afrika zufügte, fesselte mich sechs Monate lang ans Bett. Sobald ich wieder gesund war, fing ich an, in Südamerika Jaguare zu jagen, da ich gehört hatte, dass sie außerordentlich gerissen sein sollten. Leider waren sie es aber nicht." Der Kosake seufzte. „Sie waren keine gleichwertigen Gegner für einen intelligenten Jäger und mein Präzisionsgewehr. Schrecklich enttäuscht reiste ich in den hohen Norden, um das größte Raubtier zu Lande, den Eisbären, zu erlegen. Auch er bereitete mir keine nennenswerten Schwierigkeiten. Zuletzt kehrte ich voller Verzweiflung nach Asien zurück."

Der General zog an seiner Zigarette, inhalierte tief und sein Blick wurde leer. Laut blies er den Rauch hinaus und sagte mit melancholischer Stimme: „Eines Nachts lag ich in meinem Zelt in Indien mit dröhnenden Kopfschmerzen. Am Tage hatte ich ein Dutzend Tiger geschossen – ein scheinbar befriedigender Erfolg. Ich drehte und wendete mich auf meinem einfachen Feldbett, konnte aber keinen Schlaf finden. Zunächst meinte ich, dass dieser Umstand an meiner Migräne läge. Doch plötzlich kam mir eine furchtbare Erkenntnis: Jagen fing an, mich zu langweilen! Und Sie wissen ja, dass die Jagd mir alles bedeutet, dass ich ohne sie weder leben möchte noch kann. Aber ich wollte nicht zugrunde gehen. Doch was sollte ich tun? Eine Lösung für dieses existentielle Problem musste gefunden werden, und zwar schnell. Ich habe mich immer über die Amerikaner mokiert, mit ihrem Hang, für jedes Wehwehchen zu einem Psychiater zu laufen. Nun, der Herrgott sei mein Zeuge! Hätte es dort im Dschungel einen solchen Quacksalber gegeben, ich hätte keine Sekunde lang gezögert und ihn konsultiert, derart niedergeschlagen war ich. Erst gegen Morgengrauen stellte ich mir die so simple, aber alles entscheidende Frage: Weswegen faszinierte mich die Jagd nicht mehr? Sie sind wesentlich jünger als ich, Rainsford, und haben noch nicht so viel gejagt, aber sicherlich ahnen Sie meine Antwort."

„Nein, General Zaroff, nicht im Geringsten. Ich bin gespannt."

„Ganz einfach: Das Jagen stellte keine Herausforderung mehr für mich dar. Ganz offensichtlich war es zu einfach geworden. Immer erlegte ich das Biest, das es zu erlegen galt. Es gab keine Bestie mehr, das sich auch nur annähernd mit mir hätte messen können. Ich war unfehlbar und es gibt keine größere Eintönigkeit als die Vollkommenheit. Gott zu sein, langweilte mich."

Der General zündete sich eine neue Zigarette an.

„Wirklich kein Wild hatte eine Chance gegen mich. Wie sollte es auch? Ein Tier hat ja nichts als seine Kraft und seinen Instinkt. Doch kein noch so starker Muskel vermag es, sich einer Gewehrkugel zu widersetzen, und kein animalischer Instinkt besiegt den menschlichen Verstand. Diese einfache Erkenntnis bedeutete für mich den tragischsten Moment meines Lebens, das kann ich Ihnen versichern."

Rainsford nickte zustimmend, weil er diese Verzweiflung, die der General durchgemacht haben musste, intensiv nachvollzog.

„Noch bevor die Sonne über dem Dschungel aufging, hatte ich die Eingebung, die mich rettete." Höhnisch lächelte der General, während er erklärte: „Ich musste ein neues Tier für die Jagd erfinden."

„Ein neues Tier erfinden? Was soll das heißen? Wie *erfindet* man denn ein Tier?"

„Ich brauchte einfach ein neues Wild. Es war entweder das oder mein Tod. Gott sei Dank, habe ich eins finden können. Na gut, ich übertreibe ein wenig. Eigentlich habe ich es nur wiederentdeckt. Für meine originelle Art der Jagd brauchte ich einen besonderen Ort. Deshalb kaufte ich diese Insel, ließ das Haus bauen und jage nun hier. Die Insel ist dafür perfekt: Es gibt einen Dschungel, Hügel, Sümpfe, mehrere Steilkippen, einen Fluss – einfach optimal."

„Aber von welchem Tier reden Sie, General?", fragte Rainsford voller Neugier.

„Oh ja, dieses *Tier* bereitet mir eine kaum vorstellbar aufregende Jagd. Glauben Sie mir, lieber Rainsford, keine andere Jagd ist auch nur ansatzweise damit vergleichbar. Fast jeden Tag jage ich und niemals empfinde ich Langweile, weil ich endlich etwas besitze, mit dem ich meinen Verstand messen kann."

Deutlich zeigte sich in Rainsfords Gesicht dessen Verwirrung.

„Ich wollte das für die Jagd perfekte Biest. Deswegen habe ich mich gefragt: ‚Welche Eigenschaften muss es unbedingt besitzen?' Und die Antwort war natürlich: ‚Mut, Gerissenheit, Kraft, aber vor allem Verstand.'"

„Aber kein Tier hat Verstand", protestierte Rainsford.

„Sie haben recht, mein lieber Freund", sagte der General diabolisch grinsend, „und doch gibt es *ein* Wesen, das ihn besitzt."

Rainsford stutzte. Er fühlte eine sonderbare mentale Blockade und schaute den General fragend an: „Welches Tier sollte das sein? Kein Tier, wirklich *keins* besitzt Verstand!"

„Touché", freute sich Zaroff. „Und dabei ist es auch so offensichtlich. Aber keine Sorge, mir ging es damals in Indien genauso wie Ihnen. Als ich mich allerdings von den uns auferlegten gesellschaftlichen Zwängen löste, weil es um mein Leben ging, war die Antwort da."

Rainsford schüttelte den Kopf, da er immer noch nicht verstand.

„Herr Rainsford, Ihre Herkunft steht Ihnen im Weg. Sei's drum. Ich gebe Ihnen eine kleine Hilfe: Welches *Wesen* ist der erfolgreichste und gnadenloseste Jäger aller Zeiten?"

„Sie haben auf dieser Insel Dinosaurier?"

Ungläubig starrten sich die beiden einen Moment lang an. Dann begann der General so heftig zu lachen, dass es fast schien, als ob er keine Luft mehr bekäme, denn sein Gesicht lief tiefrot an und er hustete schließlich stark. Nachdem er mehrere Schlucke Wein getrunken und Ivan, der eilends hereingestürmt war, hinausgewinkt hatte, beherrschte er sich langsam wieder.

„Sie sind der ulkigste Mensch, den ich seit Langem getroffen habe, lieber Rainsford. Ich muss Ihnen eigentlich danken. Ich habe seit Ewigkeiten nicht mehr so gut gelacht."

„General Zaroff, wenn Sie sich auf meine Kosten belustigen wollen, nur zu. Ich aber habe genug von Ihren Rätseln und möchte mich entschuldigen. Morgen früh reise ich ab!"

Rainsford stand wutentbrannt auf. Schnell fasste der General seinen Unterarm und hielt ihn fest.

„Rainsford, sehen Sie nicht jeden Morgen den größten Jäger aller Zeiten im Spiegel?"

Wieder entstand ein Augenblick der Stille. Sie musterten einander und Rainsford fühlte sich unwohl. Die Augen des Generals aber funkelten voller Freude. War es noch immer wegen des ungewollten Scherzes oder weil Rainsfords offenkundige Ahnungslosigkeit nicht weichen wollte. Zaroffs Augen spiegelten die Erkenntnis wider und schlagartig verstand Rainsford. Aber nein, ein Teil von ihm wehrte sich noch dagegen. Das konnte nicht sein, das durfte Zaroff nicht meinen. „Sie meinen doch nicht etwa …?", keuchte Rainsford, dessen Stimme versagte.

„Und wieso nicht? Wie Tolstoi einmal richtig feststellte: ‚Vom Tiermord zum Menschenmord ist nur ein Schritt.'"

„Ich kann nicht glauben, dass Sie das ernst meinen, General Zaroff. Das ist doch ein übler Witz. Sie müssen scherzen!"

„Warum sollte ich das nicht ernst meinen? Ich rede schließlich vom Jagen."

„Jagen? Um Himmels willen, General Zaroff, das, wovon Sie reden, ist Mord."

Der General lachte gefällig. Er betrachtete Rainsford noch immer belustigt. „Ich weigere mich zu glauben, dass ein derart moderner und zivilisierter junger Mann wie Sie die romantische Vorstellung vom Wert des menschlichen Lebens vertritt. Sie haben doch gedient, nicht wahr?"

Rainsford nickte kurz.

„Gegen die Nazis oder Schlitzaugen?"

„Italien und Frankreich", erwiderte der junge Amerikaner.

„Faschisten erschossen?"

Rainsford bejahte.

„Sehen Sie. Nichts anderes tue ich hier. Ihre Erfahrungen im Krieg haben sicherlich …"

„Mich nicht dazu gebracht, kaltblütig zu morden", beendete Rainsford steif den Satz. „Im Krieg habe ich mein Vaterland und damit Freiheit und Demokratie verteidigt."

Erneut konnte der General sich vor Lachen kaum halten. „Sie sind wirklich ungemein komisch!", stellte er vergnügt fest. „Heutzutage erwartet man wohl kaum von einem gebildeten jungen Mann, nicht einmal von einem Amerikaner, dass er so naiv ist. Sie werden Ihre Hemmungen schnell verlieren, wenn Sie mit mir jagen gehen. Auf Sie wartet ein völlig neuer Nervenkitzel, lieber Rainsford."

„Danke sehr, ich verzichte. Ich bin ein Jäger und kein Mörder!"

„Mein lieber Rainsford", sagte der General verhältnismäßig ruhig, „schon wieder dieses ungerechte Wort. Dabei sind Ihre Skrupel absolut unbegründet."

„So, sind sie das?"

„Herr Rainsford, wir sind uns sicherlich einig darüber, dass das Leben einzig und allein für die Starken geschaffen wurde. Die Schwachen der Welt sind auf diese gebracht worden, um von den Starken genutzt zu werden. Das bedeutet in unserem Fall, um uns einen Zeitvertreib zu bereiten. Wir gehören einer privilegierten Gruppe an. Wieso sollten wir dieses Recht nicht nutzen? Wenn ich jagen möchte, weswegen sollte ich es dann nicht tun?"

„Weil Sie Menschen jagen", warf Rainsford hitzig ein.

„Ja, denn sie haben Verstand." Der General hielt kurz inne, überlegte und fügte schmunzelnd hinzu: „Mehr oder weniger. Aber er reicht, um gefährlicher zu sein und für mehr Vergnügen zu sorgen als jedes Tier."

„Sie sind verrückt!"

„Nein, ich nutze vielmehr auf geniale Weise meine Möglichkeiten. Lassen Sie mich Ihnen in der Praxis zeigen, worüber wir reden, und Sie werden meiner Meinung sein."

„Niemals!"

„In meinem Lager befinden sich noch ein muskulöser Neger und ein sehniger Chinese. Beide haben ihren ganz eigenen Reiz, auch wenn sie, ich möchte sagen, schwierig sind, weil sie keine zivilisierte Sprache beherrschen. Bedauerlicherweise muss ich mich von Zeit zu Zeit mit einem derart minderwertigen Gesindel herumärgern, das teilweise so begriffsstutzig ist, dass ich erst einmal einen der Schurken vor den Augen der anderen opfern muss, damit sie endlich begreifen, was ich von ihnen will. Sei's drum, das ist nichts, das Sie betrifft, und weil Sie mein Gast sind, überlasse ich die Wahl natürlich Ihnen. Wenn ich Ihnen eine Empfehlung geben darf, ..."

„Sie sind tatsächlich irre! Sie glauben doch wohl nicht im Ernst, dass ich mich an Ihrem grausamen Spiel beteilige. Behalten Sie Ihr Angebot für sich, ich will nichts mehr davon hören! Schaffen Sie mich stattdessen schleunigst in die nächste Stadt." Rainsford stand ruckartig auf, runzelte die Stirn und schrie den General fast hysterisch an: „Ich verlange, dass Sie mich von hier fortbringen! Sofort!"

Eine Spur aufkommenden Zorns wurde in den Augen des Generals deutlich, doch schließlich lächelte er und leckte sich langsam die Oberlippe. „Mein lieber Rainsford", sagte er auf freundschaftlichste Art und Weise, „es ist nur ein Spiel, verstehen Sie? Der Fairness halber erhält mein Spielgefährte ausreichend Nahrung und ein exzellentes Jagdmesser. Und ich gewähre ihm drei Stunden Vorsprung. Erst dann folge ich ihm, nur mit einer Pistole des kleinsten Kalibers und der geringsten Reichweite bewaffnet. Falls er mir drei Tage lang entkommt, gewinnt er sogar unser Spiel. Finde ich ihn jedoch vorher ..." Hierauf grinste der General und machte eine eindeutige Geste. Sprachlos starrte Rainsford den General an. Dieser hob die Hand und Ivan erschien, um dicken türkischen Kaffee zu bringen. Wie in Trance beobachtete Rainsford die Szene.

Erst nach einer Weile fragte er den General, der sichtlich vergnügt das Getränk genoss: „Und wenn sich Ihr Spielgefährte einfach weigert, gejagt zu werden?"

„Lieber Rainsford, natürlich gestehe ich ihm diese Möglichkeit zu. Er braucht nicht zu spielen, wenn er das nicht möchte. Falls er es also nicht will, geht er mit Ivan." Er drehte sich zu Ivan und lächelte ihm zu. Ivan hatte den Saal nicht wieder verlassen und stand nun etwas abseits hinter Zaroffs Stuhl. Der Riese reagierte nicht. „Sie müssen wissen, dass Ivan, bevor ich ihn in meine Dienste nahm, unter Stalin für das MGB - das ist der russische Geheimdienst - gearbeitet hat. Dort musste er Häftlingen unter anderem Geheimnisse entlocken. Und diese Aufgabe hat ihm besonders viel Spaß bereitet. Er besitzt eine wirklich höchst eigene, für Sie und mich ganz bizarre Vorstellung von Unterhaltung. Seine Fähigkeiten im Umgang mit Gefangenen vermochte er über die vielen Jahre beim MBG mit leidenschaftlicher Hingabe zu perfektionieren. Allerdings hat er bis zu diesem Tage noch kein Glück gehabt." Erneut wandte er sich seinem Diener zu und lächelte verschmitzt. „Bei der Aussicht darauf, in Ivans Hände zu gelangen, haben bis jetzt alle ohne Ausnahme das Spiel gewählt."

„Und falls Sie es sind, der verliert, General?"

Das Lächeln im Gesicht des Generals wurde breiter. „Wie Sie wissen, habe ich noch nie verloren und gedenke, meine Tradition fortzusetzen", betonte er, fügte aber eilig hinzu: „Ich möchte nicht, dass Sie mich für einen Angeber halten, Herr Rainsford. Die meisten meiner Spielgefährten stellen keine wirklich große Herausforderung für mich dar, als dass ich fürchten müsste, eine Niederlage zu erleben. Zugegeben, einer hätte tatsächlich fast gewonnen. Letzten Endes musste ich die Hunde einsetzen."

„Welche Hunde?"

„Hier entlang, bitte, dann zeige ich sie Ihnen."

Der General führte Rainsford zu einem der gewaltigen Fenster des Speisesaals. Über eine gewisse Distanz war der Schlosshof immer schwächer werdend beleuchtet, sodass Rainsford rechts und links des Kiesweges etwa ein Dutzend dunkle Silhouetten erkennen konnte. In der Finsternis funkelten ihre Augen geisterhaft.

„Ohne zu übertreiben, ein ziemlich erfolgreiches Rudel, möchte ich meinen", bemerkte der General wie beiläufig und ging zurück zu seinem Platz. Rainsford blieb am Fenster stehen und starrte weiter ungläubig hinaus. Als er sich zum General drehte, erklärte dieser: „Sie werden jeden Abend um sieben hinausgelassen und erst morgens wieder in ihre Verschläge gesperrt. Ivan kümmert sich in der Regel darum. Sie hatten bei Ihrer Ankunft viel Glück: Ivan befand sich gerade auf dem Weg zu den Hunden. Wenn Sie nur einige Minuten später auf meinem Anwesen erschienen wären, hätten Sie den Weg zum Schloss nicht geschafft. Denn falls irgendjemand versuchen sollte, in mein Haus einzudringen oder auch daraus auszubrechen, würden meine Hunde dafür sorgen, dass ihm etwas sehr Unangenehmes zustieße." Wieder vergingen einige Augenblicke des Schweigens, in denen nur Zaroffs klassische Melodie zu hören war, die er freudig vor sich hin summte.

„General Zaroff, da ich mich an Ihrem Spiel nicht beteiligen möchte und ich Sie als einen makellosen Gastgeber kennengelernt habe, erwarte ich, dass Sie meinen Entschluss respektieren und mich morgen in die nächste Stadt bringen werden."

Der General schmetterte Rainsford ein sardonisches Gelächter ins Gesicht. Als er sich beruhigt hatte, sprach er mit sachlichem Ton: „Mein lieber Rainsford, Sie sind zweifellos ein rechtschaffener junger Mann. Dennoch kann ich Ihrem

Wunsch, so leid es mir auch tut, nicht entsprechen. Sie könnten mich verraten und dieses Risiko darf ich nicht eingehen."

„Was soll das heißen?"

„Nun, Sie verstehen sicherlich, dass ich Sie nicht einfach gehen lassen kann. Wie sagen die Amerikaner so schön? Mein ‚Lifestyle' wäre durch Sie gefährdet. Das kann ich nicht zulassen!"

„Ich will und werde nicht mit Ihnen Menschen jagen gehen!", schrie Rainsford.

Der General schloss kurz die Augen, dann sah er Rainsford ruhig an und lächelte: „Okay."

„Okay? Was soll das jetzt wieder bedeuten?", fragte Rainsford gereizt.

„Ich selbst", seufzte der General, „fühle mich in der letzten Zeit nicht allzu wohl. Ich bin vielmehr besorgt um mein Gemüt, Rainsford. Die letzten drei Spiele haben in mir Spuren meines alten Leidens hervorgerufen."

Der General erkannte, dass Rainsford seinen Erklärungen nicht folgen konnte, und so fügte er hinzu: „L'ennui. Langeweile. Besonders das letzte Spiel war sehr enttäuschend. Der Bursche war wenig kreativ und versteckte sich nicht einmal; er stellte überhaupt keine Herausforderung dar. Das ist ein häufiges Problem: zu wenig Verstand, zu wenig Phantasie und Orientierungssinn, sodass das Handeln meiner Spielkameraden zu offensichtlich ist. Höchst ärgerlich. Möchten Sie ein Glas Chablis?"

Rainsford schüttelte den Kopf. „General, ich werde *niemals* Menschen jagen."

Der General zuckte mit den Schultern. „Das sagten Sie bereits, mein Freund", erwiderte er. „Die Entscheidung liegt allein bei Ihnen. Da ich Sie aber nicht gehen lassen kann, möchte ich Sie darauf hinweisen, dass Sie meine Vorstellung von Sport unterhaltsamer gefunden hätten als die Ivans."

„Das ist nicht Ihr Ernst. Sie scherzen!", stotterte Rainsford.

„Wenn es um mein Spiel geht, meine ich *immer* das, was ich sage! Noch können Sie Ihren Entschluss überdenken. Sie können also wählen, ob Ivan Sie hinauf in Ihr Zimmer führen wird, wo Sie sich bis morgen früh ausruhen können, um dann in einen sportlichen Wettstreit mit mir zu treten, oder ob Sie ihm hinunter in die Vorratskammern des Schlosses folgen werden. Dort befindet sich sein ‚Spielzimmer'."

„Damit kommen Sie nicht durch. Man wird mich suchen, Sie verhaften und …"

Zaroffs lautes Lachen ließ Rainsford mitten im Satz verstummen. „Was sind Sie doch für ein Narr! Niemand weiß, dass Sie sich hier auf meiner Insel befinden. Die Zeitungen melden Sie als verschollen und höchstwahrscheinlich ertrunken oder von Haien gefressen. Die Suche nach Ihnen findet in einem entfernten Gebiet statt und wird bald eingestellt werden. Für die Welt dort draußen sind Sie bereits tot, und falls Sie sich wirklich weigern sollten, an meinem Spiel teilzunehmen, sind Sie es morgen tatsächlich. Ivan hat in erster Linie Pflichten und von daher wenig Zeit, seinem eigenen Vergnügen, das er mit Ihnen in diesem Fall selbstverständlich hätte, nachzugehen. Also, mein verehrter Herr Rainsford, wie lautet Ihre Entscheidung?"

„Und falls ich gewinne?", fragte Rainsford heiser.

„Sie haben mein Wort als Ehrenmann: Ich werde frohgemut meine Niederlage anerkennen, sollte ich Sie bis zum Sonnenaufgang des dritten Tages nicht besiegt haben. Ferner wird mein Boot Sie in die nächste Stadt bringen." Der General nippte abwartend an seinem Wein.

„Ich akzeptiere", sagte Rainsford kaum hörbar.

Strahlend hob der General sein Glas und toastete ihm zu: „Endlich eine richtige Herausforderung. Ich trinke einem ebenbürtigen Spielkameraden zu. Welch' Freude!" Rainsford starrte ihn regungslos an.

„Sie werden sehen, dass dieses Spiel es wert ist, gespielt zu werden. Ihr Verstand gegen meinen. Ihre Kraft und Ausdauer konkurrieren mit meiner. Freiluftschach mit dem kostbarsten Einsatz, den wir bieten können: unserem Leben."

Als er sein Glas ausgetrunken hatte, sagte Zaroff: „Ivan wird Ihnen Jagdkleidung, Nahrung und ein Messer bereitstellen. Nehmen Sie meinen Rat an und tragen Sie Mokassins; sie hinterlassen eine schwächere Spur und erschweren mir die Verfolgung. Auch schlage ich vor, dass Sie den Sumpf im Südosten der Insel meiden. Wir nennen ihn ‚El Pantano de los Muertos', den ‚Sumpf der Toten'. Sie wären nicht der Erste, der dort nicht wieder herauskäme und das wäre wirklich jammerschade! Falls Sie keine weiteren Fragen haben, schlage ich vor, dass Sie sich nun von Ivan auf Ihr Zimmer bringen lassen und die Zeit nutzen, um sich für den morgigen Tag auszuruhen."

Rainsford nickte abwesend.

„Dann schlafen Sie wohl. Ivan wird Ihnen alles Nötige zur Verfügung stellen und Sie beim Sonnenaufgang aufs Spielfeld führen. Au revoir, Rainsford, wir werden uns bald wiedersehen."

Obgleich Rainsford erschöpft und müde war, lag er mit weit geöffneten Augen im Bett und ließ die Worte des Generals immer und immer wieder Revue passieren. Mehrmals fasste er den Entschluss, dass Zaroff ihm einen Bären aufgebunden hatte, dass er irgendwann in sein Zimmer käme, mit dem

Finger auf ihn zeigen und ihn auslachen würde. Das konnte einfach nicht wahr sein! Zaroff nutzte seine Insel, um gezielt Jagd auf Menschen zu machen. Wie viele mochte er bereits auf seinem Gewissen haben? Aber Zaroff besaß kein Gewissen, wenn er es ernst meinte.

Je weiter die Nacht voranschritt, desto klarer wurde ihm, dass das teuflische Lächeln des Generals deutlich gezeigt hatte, dass dieser nicht spaßte. Dann aber galt es, sich auf den folgenden Tag, auf das „Spiel" vorzubereiten. Er drehte den Knauf, doch die Tür war wie zuvor verschlossen. Vermochte er sie aufzubrechen? Sicherlich nicht, ohne den General zu wecken. Er ging zum Fenster und blickte hinaus. Die Lichter des Chateaus waren erloschen, dennoch konnte er durch das fahle Mondlicht schemenhaft den Hof erkennen. Dort unten bewegten sich vierbeinige Schatten. Selbst wenn es ihm gelänge hinunterzuklettern, wäre die Begrüßung alles andere als angenehm. Eine Flucht zum Segelboot des Generals war unmöglich. Niedergeschlagen kehrte Rainsford ins Bett zurück und legte sich hinein. Lange versuchte er vergeblich zu schlafen. Erst als es bereits dämmerte, nickte er ein, wurde jedoch nur wenige Augenblicke später durch Ivans Klopfen aus seinem ohnehin seichten Schlaf aufgeschreckt. Der Riese trat sogleich ein und hielt unter einem Arm geklemmt khakifarbene Jagdkleidung, einen Jutebeutel mit Essen und Feldflasche, ferner eine lederne Scheide, die ein Jagdmesser mit langer Klinge in sich trug. Seine rechte Hand ruhte dabei auf einem Revolver, der schräg in seiner purpurfarbenen Feldbinde steckte.

## Kapitel 3

Nach zwei Stunden musste Rainsford die erste Pause einlegen. Seine Kräfte waren bereits nahezu aufgebraucht. Er hatte sich seinen Weg mit dem einzigen Ziel durch den Busch gekämpft, so viel Abstand zum Schloss wie möglich hinter sich zu bringen. Doch der Dschungel erwies sich als recht dicht, und obwohl es verhältnismäßig früh am Morgen war und die Sonne noch einen weiten Weg zum Zenit vor sich hatte, drückte die Hitze auf ihn und machte das Atmen schwer. Drei Stunden Vorsprung hatte Zaroff ihm garantiert. Er musste diesen Vorteil nutzen, so gut es ging. Weiter, er musste weiter, aber er bekam kaum Luft in dieser Schwüle. Gegen einen Baum gelehnt, pumpte er das lebenswichtige Gasgemisch so tief in seine Lungen, dass ihm schwindelig wurde. Auch Zaroff würde gegen diese beengende, feuchtwarme Hitze ankämpfen müssen, versuchte er sich zu beruhigen. Das Klügste wäre es, diese nötige Pause zu nutzen, um sich eine Taktik zu überlegen. Als sich die Tore des Chateaus hinter ihm geschlossen hatten, war sein erster Gedanke gewesen, Distanz zwischen sich und General Zaroff zu bringen. Und von Panikattacken angetrieben war er bis jetzt wie wild vorwärtsgestürzt. Nun musste er sich jedoch wieder in den Griff kriegen und einen kühlen Kopf bekommen, um nachdenken zu können.

Direkte Flucht war sinnlos, da sie ihn zwangsläufig ans Meer führte. Er würde Zaroff keine drei Tage lang davonlaufen können, dafür war die Insel zu klein. Was also war zu tun?

„Ich werde ihm eine Spur legen, der er folgen kann", beschloss Rainsford und schlug sich abseits des Trampelpfades, auf den er vor etwa einer Viertelstunde getroffen und seitdem gelaufen war, erneut hinein in die unberührte

Wildnis. Fortan lief er eine Reihe von ineinander verschlungenen Kreisen, die ihn stets zurück zu seiner Ausgangsposition führten. Das Wissen, das er sich in jungen Jahren bei der Fuchsjagd angeeignet hatte, diente ihm hierbei.

Als die Nacht hereinbrach, erreichte er müde und geschwächt einen dicht bewaldeten Bergkamm. Seine Hände und Wangen waren durch unzähliges Gezweig blutig gepeitscht. Er stoppte seinen Lauf und blickte umher, um einen geeigneten Platz zum Rasten zu finden. Selbst wenn er noch die Kraft besäße, wäre es töricht, während der Nacht weiterzulaufen. In weniger als einer halben Stunde würde er die Hand vor Augen nicht mehr erkennen können. Mehrere halbwegs hohe Bäume mit nützlicher Krone befanden sich in der Nähe. Einen davon kletterte er hinauf, ohne auch nur die geringste Spur zu hinterlassen. Gut zehn Meter über dem Erdboden streckte er sich gähnend, so gut es nur ging, in einer der weiten Astgabeln aus. Als er fühlte, wie sich seine Glieder entspannten und die Schmerzen der Erschöpfung langsam abnahmen, gewann er neue Zuversicht und ein Gefühl von trügerischer Geborgenheit. Selbst ein so ehrgeiziger Jäger wie General Zaroff würde ihn hier in der einsetzenden Dunkelheit nicht aufspüren können. Während der Nacht würde nicht einmal der Teufel seiner schwierigen Spur mitten durch den Dschungel folgen können.

Stille hatte sich auf den Dschungel gelegt. Der einzige Laut, den Rainsford vernahm, war sein schweres Atmen. Inzwischen hatte sich eine andere Art von Schmerz eingestellt. Zwar hoffte er immer noch darauf, endlich einzunicken, denn Schlaf benötigte er dringend, um die nächsten zwei Tage überleben zu können, doch gelang es ihm einfach nicht, eine bequeme Lage in der Astgabel zu finden. Und so krochen die Stunden nur langsam voran, während Rainsford oberflächlich döste.

Ein erstes nebeliges Grau drang dumpf durch das Blätterdach, als ihn ein greller Schrei eines Vogels aus seinem geistigen Dämmerzustand aufschrecken ließ. Er konnte sich kaum rühren. Sein gesamter Körper war steif und tat weh bei jeder Bewegung. Wie sollte er in diesem Zustand dem General entkommen? Würde er überhaupt den Baum hinunterklettern können? Während Rainsford versuchte, Herr seiner Schmerzen zu werden, bemerkte er, dass sich ihm irgendetwas fast lautlos durch den Busch näherte. Schlagartig legte er sich ganz flach auf den Ast und spähte durch die dicke Blätterwand des Baums. Voller Schrecken entdeckte er einen Menschen.

Es handelte sich um General Zaroff. Der schlich vorsichtig auf demselben Weg, den Rainsford gekommen war, sah aufmerksam zum Boden, blieb dann plötzlich stehen und spähte umher. Langsam ging er auf Rainsfords Baum zu, vor dem er niederkniete und die Erde sorgfältig untersuchte. Rainsfords Herzschlag schien ausgesetzt zu haben, um seinen Besitzer nicht zu verraten. Sollte er sich vielleicht wie ein Panther auf Zaroff hinunterstürzen? Aber er erkannte, dass die rechte Hand des Jägers auf einer kleinen automatischen Pistole ruhte und ein Überraschungssprung womöglich als verhängnisvolles Unterfangen enden würde.

Mehrere Male schüttelte der General den Kopf, als ob er verwirrt wäre. Nachdem er sich endlich wieder aufgerichtet hatte, entnahm er seinem Etui eine seiner schwarzen Zigaretten. Der stechende, nach Weihrauch riechende Qualm stieg zu Rainsford empor, der den Atem anhielt, um bloß nicht husten zu müssen. Der Blick des Generals wanderte nun Zentimeter für Zentimeter den Baum hinauf. Rainsford erstarrte, jeden Muskel angespannt und notfalls bereit zum finalen Sprung. Aber die scharfen Augen des Jägers stoppten, bevor sie den Ast erreicht hatten, auf dem Rainsford seines Schicksals harrte. Der General lächelte und leckte sich behutsam die Oberlippe. Hierauf zog er an seiner Zigarette, ließ sie fallen, ohne sie zu auszutreten, und blies einen Ring in die Luft. Einen Moment lang stand er still da, schaute erneut umher, dann nach oben und schließlich drehte er sich um und schritt sorglos denselben Pfad davon, den er gekommen war. Das Geräusch seiner kraftvollen Schritte wurde schwächer und schwächer.

Der angestaute Atem platzte heiß aus Rainsfords Lungen hinaus und er prustete laut, presste sich jedoch sofort die rechte Hand auf den Mund, um den General nicht zurückzurufen. Sein erster klarer Gedanke löste Übelkeit und Benommenheit aus: Der General musste in der Lage sein, selbst nachts einer Spur durch den Wald zu folgen; und dazu einer extrem anspruchsvollen. Das war nicht nur unglaublich, es war vielmehr auch unheimlich. Und nur per glücklichen Zufall hatte der Kosake ihn nicht gesehen. Doch wieso hatte er Rainsford eigentlich nicht entdeckt? Ein kalter Schauder reinen Entsetzens lief ihm plötzlich den Nacken hinunter bei der keimenden Erkenntnis, gegen die sich sein Verstand noch heftig wehrte. Er durchlief im Geiste die letzten Augenblicke, bevor Zaroff umgekehrt war, und spürte förmlich, wie das Lächeln des Generals ihn von innen her auffraß. Aber das, was sich zunehmend in aller Klarheit offenbarte, wollte Rainsford nicht glauben und so kämpfte er mit aller Kraft dagegen an. Doch letztlich unterlag er, weil die Wahrheit so deutlich war wie die Sonne, die jetzt durch den Morgennebel drang. Der General spielte mit ihm! Ja, Zaroff hob ihn sich für später auf. Der erbarmungslose Jäger genoss seine Überlegenheit und wollte diese so intensiv und lange wie möglich auskosten! Die Katze wusste um die Maus, die in ihrer grenzenlosen Naivität auf einen Baum geflüchtet war, dort oben im trügerischen Schutz der Blätter lag und vor Todesfurcht zitterte. Er atmete mehrmals tief ein, um sich zu beruhigen und nicht in Panik zu geraten. Als er meinte, sich wieder gefasst zu haben, glitt er den Baum hinab und schlug sich erneut flüchtend in den Wald.

Nachdem er eine Zeit lang recht ziellos gerannt war, zwang er sich mit all seiner Willenskraft, stehen zu bleiben und zu überlegen. Er war doch auch ein erfahrener Jäger. Wieso sollte er den General nicht besiegen können? Er durfte nicht vor diesem fliehen. Zaroff in die Irre zu leiten, hatte sich zugegebenermaßen als erfolglos erwiesen. Also galt es, den Spieß umzudrehen und selbst zur Katze zu werden! Dabei würde ihm sein über die Jahre erworbenes Wissen helfen. Was hatte Zaroff selbst prophezeit? Nun, so wollte er dem General endlich ein würdiger Gegner sein, eine wahre Herausforderung, die diesem zu guter Letzt die erste Niederlage zufügen würde! Mit frischer Zuversicht machte Rainsford sich auf die Suche, bis er fündig wurde: Ein hoher abgestorbener Baum lehnte gegen einen kleineren. In diesem Moment durchzog sein Gesicht ein Lächeln und er warf den Essensbeutel zur Seite, zog das Messer aus der Scheide und fing mit all seiner verbliebenen Energie an zu arbeiten.

Als es endlich geschafft war, legte er sich erschöpft in einiger Entfernung hinter einen gefallenen Baumstamm. Lange musste er nicht warten. Die Katze kehrte zurück, um erneut mit der Maus zu spielen. Aber jetzt sollten die Rollen vertauscht werden, so glaubte Rainsford.

Im selben Moment, in dem der General die Falle sah, berührte sein Bein bereits den hervorstehenden Zweig, der als Auslöser diente. Mit der Schnelligkeit und Gewandtheit eines Tigers sprang er indessen ruckartig zurück. Dennoch wurde er vom herabschwingenden Baum an der Schulter so hart gestreift, dass er vor Schmerz und Wut laut aufschrie. Kein anderer hätte die Falle bemerkt und wäre regelrecht zerschmettert worden, aber dank seiner Erfahrung und des behänden Satzes taumelte Zaroff lediglich mit schmerzverzerrtem Gesicht mehrere Schritte rückwärts. Fassungslos rieb er sich die stechende Schulter und musterte Rainsfords hinterhältige Konstruktion. Dann fing er plötzlich an, höhnisch zu lachen.

„Rainsford", rief der General laut und es schien ihm schwer zu fallen, „ich weiß, dass Sie mich hören, wahrscheinlich sogar sehen können. Ich möchte Ihnen gratulieren. Nur wenige Menschen wissen, wie man eine Malaiische Menschenfalle baut. Glücklicherweise habe auch ich in Malakka mit den dortigen Eingeborenen gejagt. Sie erweisen sich als wirklicher Gegner, Rainsford. Ganz wie ich es erwartet hatte. Und dennoch habe ich Sie ein wenig unterschätzt. Das eben war zweifelsohne knapp und hätte Sie beinahe zum Sieger des Spiels gemacht. Sie müssen wissen, dass ich Fehler nie ein zweites Mal begehe. Ich gehe nun meine Wunde versorgen. Sie ist nicht so ernst, wie Sie es sich vermutlich wünschen. Ich werde bald zurückkehren! Noch vor Sonnenuntergang werden wir unser Spiel fortsetzen. Und Rainsford," fügte er hinzu, „dann bin ich am Zug!"

Kaum war der General im dichten Dschungel verschwunden, floh Rainsford. Es handelte sich nun wieder um eine völlig verzweifelte, wilde, hoffnungslose Flucht. Wie hatte Zaroff seinen Angriff überleben können? Selbst wenn er die Art der Falle kannte, so war es unmöglich, ihr lebend zu entkommen, hatte man sie erst einmal ausgelöst. Der General hatte übermenschliche Fähigkeiten, musste sich Rainsford eingestehen. Und er hatte Zaroff erzürnt. Die Katze war wütend und vor allem im Stolz verletzt. Das bedeutete, dass sie fortan keine Gnade mehr kannte.

Die Dämmerung setzte bereits ein, als er völlig kraftlos bis zum Knie einsank. Seit einiger Zeit war der Boden unter seinen Mokassins immer weicher geworden. Das hatte er bis jetzt ignoriert. Nun bereitete es ihm große Mühe und er musste seine letzten Reserven aufbringen, um sein Bein aus der Umklammerung zu ziehen. Die Befreiung war so beschwerlich, dass er sich schließlich rücklings fallen ließ, nach Atem rang und mehrere Minuten lang am ganzen Körper zitternd da lag. Mehrmals wurde ihm schwarz vor Augen und es schwindelte ihm. Wo er sich derzeit befand, war ihm klar: am ‚Sumpf der Toten'. Trotz der Gefahr schlief er ein.

Er erwachte mit einem Schreck der Orientierungslosigkeit und suchte deshalb hastig in seinen Erinnerungen. Undeutliche Bilder drangen zu ihm und entfernten sich wieder. Sie waren Reste eines Traumes und verebbten langsam. Der Mond warf ein fahles Licht auf ihn herab und ließ die Umgebung in unterschiedlich dunklen Grautönen schwach erahnen. Der Schlaf war nötig gewesen. Er erinnerte sich wieder an die vergangenen Stunden und fühlte sich besser, fast euphorisch, obwohl er sich dieses Hochgefühl nicht erklären konnte. Wie sonderbar, dass er unter solchen Umständen geträumt hatte. Eine Szene kristallisierte sich Stück für Stück heraus und blieb schließlich wie ein Fels in der Brandung stehen. Es war ein Bild aus dem Krieg. Rainsford hatte sich in Frankreich eingegraben, um dem Tod zu entkommen. War dies eine Eingebung?

Er robbte auf allen Vieren über den Erdboden und ertastete ihn vorsichtig. Morast! Der Sumpf musste unmittelbar vor ihm liegen. Für die Umsetzung seines Plans würde er sich bis zur Dämmerung gedulden müssen. Es hatte keinen Sinn, es in der Dunkelheit zu versuchen, obgleich er wertvolle Zeit durch das Ausharren verlor. Seine einzige Hoffnung bestand darin, dass auch der General ruhen musste, vor allem bei der Wunde, die ihm von Rainsford zugefügt worden war, und dem langen Fußweg, den er zum Schloss hatte zurücklegen müssen.

Es musste kurz vor Mittag sein. Sein schweißbedeckter Körper warf nahezu keinen Schatten mehr, weil die Sonne fast im Zenit stand. Seit dem ersten Morgenlicht hatte er unermüdlich mit bloßen Händen und flachen Steinen gegraben. Völlig verausgabt kletterte er nun mit letzter Kraft hinaus aus der schultertiefen Grube und schleppte sich zu einem nahegelegenen Tümpel, aus dem er gierig mit der flachen Hand Wasser schöpfte. Dann tauchte er seinen Kopf unter und genoss die erfrischende Kühle. Hineinzuspringen wagte er nicht, da das Ufer ziemlich weich war und er befürchten musste, nicht mehr hinausklettern zu können, so abgearbeitet wie er sich fühlte. Nach einer kurzen Pause fing er an, von einem jungen Baum Äste abzuschneiden, die er zu Pfählen anspitzte. Als er etwa drei Dutzend davon zurechtgeschnitten hatte, rammte er sie zur Hälfte mit den Spitzen nach oben zeigend fest in den Boden der Grube. Daraufhin fertigte er einen groben Teppich aus Gräsern und Zweigen an, mit dem er die Falle abdeckte. Anschließend galt es, ein weiteres Mal ein sicheres Versteck zu finden und dort wiederum zu warten.

Eine Stunde mochte vergangen sein, da wehte ihm eine leichte Brise den typischen Geruch von Zaroffs Zigaretten herüber. Und nur einen Augenblick später hörte er seinen Jäger, der sich mit ungewöhnlicher Schnelligkeit näherte. Rainsford hielt sich hinter einem Baumstamm verborgen. Als er kurz hervorlugte, konnte er Zaroff allerdings noch nicht sehen. Aber er durfte es nicht riskieren, entdeckt zu werden, sodass er sich rasch wieder bis aufs Äußerste angespannt hinkauerte.

Ein lauter Schrei, der nach dem deutlichen Bersten brechender Zweige die Luft erfüllte, ließ ihn jubelnd hochschnellen, doch duckte er sich sofort aufs Neue. Entsetzt hatte er erkennen müssen, dass kaum einen Meter von der Grube entfernt der General stand und bestürzt in das Loch hineinstarrte.

„Rainsford", rief dieser wütend, „Sie verdammter, hinterhältiger Schurke! Ihre Burmesische Tigerfalle hat meinen besten Hund erwischt. Aber jubeln Sie nicht zu früh. Noch habe ich genug Zeit, Sie zu erwischen. Und ich verspreche Ihnen, dass ich das werde. Mal schauen, was Sie gegen mein gesamtes Rudel erreichen können."

Rainsford musste einige Stunden geschlafen haben, denn die Sonne war nahezu völlig hinter den Bäumen versunken. Um ihn herum hatten sich lange Schatten ausgebreitet. Die schwül-drückende Hitze des Tages hatte angenehm nachgelassen. Aber trotz der ausreichend langen Rast spürte er nichts als Schmerz bei jeder noch so geringen Bewegung. Vielleicht sollte er einfach kapitulieren und sich seinem ohnehin unausweichlichen Schicksal hingeben. Er fühlte sich kraftlos und mochte nicht mehr. All sein Bemühen gegen den General war letztendlich erfolglos gewesen. Und während er sich langsam und niedergeschlagen aufrichtete, hörte er ein entsetzliches Geräusch. Zwar war es schwach, aber unverwechselbar das Bellen eines Rudels von Jagdhunden.

Zwei Möglichkeiten hatte er: Entweder blieb er an Ort und Stelle und wartete auf seinen baldigen Tod. Oder er floh erneut. Das würde das Unausweichliche jedoch lediglich hinauszögern. Einen Moment lang stand er nachdenklich da. Gab es eventuell doch eine dritte Option, eine kleine Chance? Rasch lief er tiefer in den düsteren Dschungel hinein.

Das Bellen der Jagdhunde näherte sich zügig seinem Versteck. Auf einem Bergrücken hatte Rainsford einen Baum erklettert. Von dort oben sah er im Zwielicht die hagere Gestalt des Generals, die sich etwas mühsam den Hang hinaufquälte. Die Jagd war augenscheinlich auch an ihm nicht spurlos vorübergegangen. Zaroff war nicht allein: Einige Meter vor ihm preschte Ivan mit breiten Schultern durch die hohen Gräser. Wie von einer unsichtbaren Kraft schien der Riese vorwärtsgezogen zu werden. Ivan war zweifellos derjenige, der das Rudel an der Leine führte.

In wenigen Minuten würden sie ihn erreicht haben. Er hoffte inständig, dass seine List den General töten würde. Nur wenn Zaroff die Falle, die er bei Eingeborenen in Schwarzafrika gesehen hatte, nicht kannte, blieb ihm eine geringe Chance. Unbewusst faltete er die Hände und murmelte leise ein Stoßgebet. Obgleich er sonst überzeugter Atheist war, brauchte er einfach jegliche Hilfe und sei es die eines nicht existenten Gottes.

Sein Jagdmesser hatte er zuvor an einem jungen, elastischen Trieb befestigt und diesen sodann zurückgebunden. Jetzt käme der heikelste Part. Er stieg den Baum hinab und rannte. Wenige Augenblicke später schlugen die Jagdhunde laut an, als sie seine Spur aufnahmen. Eine Hatz begann. Rainsford wusste nun, wie sich ein Tier fühlte, das gejagt wurde.

Plötzlich verstummte das Bellen der Jagdhunde. Sogleich stoppte Rainsford seinen Lauf und rang schwer nach Atem. Aufgeregt kletterte er erneut einen Baum hinauf und blickte zurück. Doch seine Hoffnung verschwand augenblicklich, als er den General erblickte, der Ivan zu stützen versuchte. Seine Falle hatte abermals nicht vollkommen versagt, denn der schwere Riese sank trotz Zaroffs Hilfe in sich zusammen und blieb reglos liegen. Sein Widersacher schrie etwas Unverständliches und das Bellen der Hunde setzte wieder ein. Rainsford war kaum zurück auf der Erde, als er hörte, dass das Rudel die Verfolgung nochmals aufgenommen hatte. Er stürzte davon und rannte den Berg hinunter, erneut um sein Leben. Klare Gedanken konnte er nicht mehr fassen. Allein sein Instinkt trieb ihn vorwärts.

Spät erkannte er im Dämmerlicht die Steilküste. Fast wäre er in die Brandung etwa zehn Meter unter ihm gefallen. Er trat einen Schritt zurück und sah über die kleine Bucht hinweg, wo er die düsteren Umrisse des Chateaus auszumachen meinte. Das Bellen war nicht mehr weit entfernt und kam rasch näher. Rainsford überlegte. Als er die Jagdhunde beinahe spürte, sprang er.

Einen Moment später erreichten der General und sein Rudel die Stelle am Meer. Ersterem war sofort klar, dass Rainsford ihm auf tragische, aber feige Weise entkommen war. Und obgleich er das Spiel somit gewonnen hatte, bereitete ihm dieser Ausgang keine wirkliche Befriedigung. Auch weil sein Spielgefährte nicht nur einen seiner besten Jagdhunde, sondern darüber hinaus seinen loyalen Diener getötet hatte. Einige Minuten lang betrachtete Zaroff stumm die dunkle Weite der See. Dann zuckte er mit den Schultern und trat den Heimweg an. Vielleicht würde ein ordentlicher Schluck Whiskey seine Laune bessern.

Nachdem er dem hungrigen Rudel Futter gegeben hatte, ging der General in die Küche und versorgte sich selbst mit einigen leichten Speisen. Da Ivan tot war, würde er sich nach einem neuen Lakaien umsehen müssen. Das war sehr ärgerlich und würde zweifelsohne schwierig werden. Ivan war mehr als nur ein ergebener Diener gewesen. In allen Belangen hatte der Hüne ideal zu ihm gepasst. Je mehr er darüber nachdachte, desto klarer wurde ihm die Tragweite des Verlustes und so verfluchte er Rainsford laut in die Stille seines riesigen Schlosses hinein. Trotz der Anstrengungen der letzten Tage war ihm jeglicher Appetit vergangen. Selbst der kostbare und teure Brandy, den er sich statt des Whiskeys eingegossen hatte, schmeckte fad und versagte seine sonst positive Wirkung.

Müde und erschöpft ging er in die Bibliothek, um bei einer Zigarette ein wenig zu lesen und sich zu beruhigen. Aber er fand einfach in allem keine Befriedigung, sodass er bald beschloss, sich zur Ruhe zu begeben. Am folgenden Tag würde die Welt anders, eben wieder besser aussehen, so hoffte er inständig.

Als er in sein Schlafzimmer trat, erwartete ihn fahles Mondlicht, das auf gewisse Weise seine Stimmung widerspiegelte und wohltuend wirken mochte. Deswegen schaltete er das

Licht nicht an, sondern schritt langsam zum Fenster, um zu seinen Hunden in den Hof hinabzuschauen. Während er die Umrisse seiner treuen Tiere gedankenverloren beobachtete, ging plötzlich das Licht an. Einen Moment lang wusste der General nicht, was passiert und an der überraschenden Helligkeit ungewöhnlich war. Schließlich drehte er sich um.

Am Fußende des Bettes stand ein Mann.

„Rainsford!", schrie der General erstaunt. „Wie um Himmels Willen ...?", verstummte er mitten im Satz.

„Geschwommen", antwortete Rainsford lächelnd. „Ich fand das schneller, als durch den Dschungel zu laufen. Und, wie Sie wissen sollten, mit Schwimmen in diesen Gewässern kenne ich mich aus."

Zaroff betrachtete den Amerikaner eine Zeitlang sprachlos. Als er der Pistole, die dieser in der Hand hielt und die auf ihn zeigte, gewahr wurde, gewann er auch seine Haltung zurück: „Ich gratuliere Ihnen!", sagte er lächelnd. „Sie haben das Spiel gewonnen."

„Das Spiel ist noch nicht beendet, General." Rainsford zielte und schoss dreimal. Zaroffs Lächeln gefror zu einer Fratze.

## Kapitel 4

Als er die Augen nach einem langen, erholsamen Schlaf öffnete, wusste er zunächst nicht, wo er war. Die Sonne drang hell in das Zimmer herein und er fühlte sich unwahrscheinlich gut. Hatte er jemals besser geschlafen? Hunger. Er verspürte enormen Hunger. Und Durst. Gestern hatte er bei seiner Ankunft im Schloss keine Zeit mehr gehabt, zu essen und zu trinken, und es hinterher einfach vergessen. Das würde er nun nachholen. Außerdem benötigte er Proviant für die Reise. Sein Plan war, so schnell wie möglich die Insel zu verlassen und zur nächsten Stadt zu gelangen. Dazu brauchte er Seekarten, wollte er nicht mit dem Boot des Generals in der Weite des Meeres verloren gehen. Vermutlich würden sich diese in der Kajüte befinden.

Nachdem er sich aus dem Bett geschwungen hatte, fiel sein Blick auf den leblosen Körper unter dem blutgetränkten Laken. Sollte er Zaroff beerdigen? Er schüttelte den Kopf und lachte. Nein, schließlich hatte der General ihn aus reinem Spaß töten, ihn wie ein Tier über den Haufen schießen wollen. Ein Spiel hatte er es genannt, ihn zu jagen. Menschenunwürdig. Also hatte auch Zaroff keine menschliche Geste verdient. Sollte er doch in seinem riesigen Schloss verrotten!

In der Küche, die schnell gefunden war, entdeckte er die nur halb geleerten, einfach stehen gelassenen Teller von Zaroffs letztem Mahl. Alles schmeckte vorzüglich. Als er in den Garten trat, wo das Rudel friedlich im Schatten einiger Bäume döste und ihn kaum beachtete, überlegte Rainsford, wann er sich das letzte Mal so glücklich gefühlt hatte. Es war ein herrlicher Tag! Die schwüle Hitze würde bald einsetzen, aber noch war der Aufenthalt im Freien sehr angenehm. Rainsford schritt frohgemut die Treppe hinunter Richtung Pier. Er wanderte dabei auf demselben Weg, den er nur wenige Tage zuvor völlig erschöpft heraufgekommen war. Was war in dieser kurzen Zeit alles geschehen? Er war nun ein anderer, weil er dem Tod von Angesicht zu Angesicht ins Auge gesehen und einen Menschen aus nächster Nähe erschossen hatte. Es war anders als im Krieg gewesen, denn dort hatte er zumeist aus der Entfernung getötet und seine Opfer nie gekannt. Zudem war Zaroff ein Unmensch gewesen, absolut bestialisch. Verrückt und grausam! Teuflisch! Reue war somit in diesem Fall noch weniger angebracht als auf dem Schlachtfeld.

In einem Kasten neben dem Ruder stieß er auf alle Karten, die er benötigte. Bei gutem Wind würde er bis zum Abend in der nächsten Stadt sein. Dann könnte er diesen Alptraum hinter sich lassen und nach New York zurückkehren. Nach Jaguarjagd stand ihm erst einmal keineswegs der Sinn mehr. Er startete den kleinen Dieselmotor und fuhr langsam zum Durchlass der Bucht, um das offene Meer zu erreichen. Nach etwa der Hälfte des kurzen Weges, fiel ihm ohne ersichtlichen Grund die Äußerung des Generals ein, dass sich in seinem Lager noch zwei Menschen befänden. Rainsford hielt inne und überlegte: Sollte er umkehren und diese befreien? War es nicht seine menschliche Pflicht? Die beiden würden ohne ihn vermutlich verhungern, viel eher verdursten. Obwohl er nicht die geringste Lust verspürte, er aufgrund der jüngsten Ereignisse die vermaledeite Insel unbedingt so schnell wie möglich verlassen wollte, wendete er letztendlich doch das Boot.

Seit einer knappen Stunde suchte er nun vergebens im Untergeschoss den Eingang zum Verlies des Generals. Er war dabei auf zahlreiche Stau- und Kühlräume gestoßen, die bis unter die Decken mit allerlei Speisen und Getränken vollgestopft waren. Mit diesen Mengen an Verpflegung hätte Zaroff eine lange Zeit völlig unabhängig auf seiner Insel verbringen können, ohne in eine Stadt zurückkehren zu müssen. Auch ein weiteres Waffenzimmer fand er. Zahllose Gewehre sowie Pistolen verschiedener Hersteller und Kaliber standen griffbereit in schweren Eichenschränken. Einen geladenen Revolver nahm er an sich, da er seine Pistole in Zaroffs Schlafzimmer liegen gelassen hatte. Und in seiner Situation, in diesem Schloss erwies sich eine Schusswaffe als sinnvoll, möglicherweise sogar als lebensrettend. Man konnte nie wissen, wer oder was hinter der nächsten Ecke auf ihn lauerte.

Im selben Moment, in dem er den Raum mit dem gesuchten Zugang betrat und einen Lichtschalter betätigte, war ihm klar, dass er den richtigen gefunden hatte. Antikes Folterwerkzeug lag ordentlich sortiert auf Regalen und wartete auf seinen Einsatz. Mit dem Material, das hier aufbewahrt wurde, hätte Ivan seinen Opfern ohne Zweifel entsetzliche Qualen zufügen können. Ausführlich betrachtete Rainsford die Sammlung, von der er die meisten Gegenstände nie zuvor gesehen hatte und wovon er viele Funktionen und Handhabungen lediglich erahnen mochte.
Mit dem Öffnen der schweren Eisentür am Ende des Raums schlug ihm ein unglaublicher Gestank entgegen. Es roch nach einem Gemisch aus Feuchtigkeit, Urin, Moder, Schimmel und Verwesung. Und obgleich Rainsford durch den Mund atmete, merkte er, wie sich die tödliche Fäulnis auf

seine Lungen legte und er kurz davor war, ohnmächtig zu werden. Er musste anhalten und mehrfach würgen. Lange würde er sein Frühstück nicht mehr in sich behalten können, so spürte er. Nur sein eiserner Wille trieb ihn die schwach beleuchtete Wendeltreppe hinab. Das Schloss war auch hier unten eine perfekte Kopie seiner mittelalterlichen europäischen Ebenbilder, die er auf seinen ungezählten Jagdreisen durch die Alte Welt hatte kennenlernen dürfen.

Am Ende des Abstiegs erkannte er im Zwielicht mehrere Zellen. Und tatsächlich entdeckte er in einer von ihnen zwei scheinbar leblose Gestalten, die auf einfachen Pritschen reglos dalagen.

„Hallo", sagte er krächzend und erschrak wegen seiner eigenen Stimme, die leise widerhallte. Er bekam eine Gänsehaut und spürte, wie Schweiß seinen Rücken hinunterlief. Dieses unbehagliche Gefühl war übermächtig und er stürzte hastig die Treppe hinauf.

Oben angekommen hockte er sich hin und erbrach heftig. Danach lehnte er sich erschöpft gegen die Wand. Die Leere seines Bauches füllte sich mit Wut und der ekelhafte Geschmack in seinem Mund trug zum Verdruss bei. Wie töricht war es gewesen, für einen Nigger und ein Schlitzauge zurückzukehren. Zornig erhob er sich und wollte in die Küche gehen. Aber nein, er war nicht wie die Bestie Zaroff. Womöglich war einer der beiden doch nicht tot und er würde ihn retten können. Also stieg er aufs Neue die Treppe hinab. Auf Anhieb sah er zu seinem Erstaunen, dass der Schwarze an der Zellentür stand und sich auch der Chinese, der bei Rainsfords Rückkehr noch auf dem einfachen Bett saß, nun aufrichtete. In einer Sprache, die dem Amerikaner unbekannt war, rief der Schwarze ihm etwas Unverständliches zu. Dann fing er an, wie wild an den eisernen Gitterstäben zu rütteln. Der Chinese blieb stumm und rührte sich nicht.

„Ganz ruhig! Mein Name ist Charlton Rainsford. Ich bin Amerikaner. Der General und sein Diener sind tot. Es besteht keine Gefahr mehr und ich bin gekommen, Sie zu befreien."

Die Worte zeigten keinerlei Wirkung. Unaufhörlich schüttelte der Schwarze wie wild an den Stangen und der Chinese stand starr vor seiner Liege.

„Uno momento. Tengo que buscar la llave." Aber auch Rainsfords Spanisch blieb anscheinend unverstanden. Der General hatte recht gehabt: Sie waren schwierig und das unkultivierte Verhalten des Niggers fing an, ihm gewaltig auf die Nerven zu gehen. Tiefe Furchen durchzogen seine Stirn.

Am Ende des Ganges hing ein Schlüsselbund an einem Haken. Mit Sicherheit handelte es sich um das richtige. Doch selbst, als Rainsford, um den passenden Schlüssel zu finden, einen nach dem anderen ins Schloss steckte und versuchte, den jeweiligen zu drehen, stoppte der Schwarze sein leidiges Verhalten nicht. Gerade, als er ihn anbrüllen wollte, damit aufzuhören, öffnete sich die Zellentür abrupt und einen Augenblick später bemerkte er, wie sein Kopf von der unglaublichen Wucht eines Schlages nach hinten geschleudert und die Welt um ihn herum schwarz wurde.

## Kapitel 5

Was war passiert? Wo befand er sich? Mühsam richtete Rainsford den Oberkörper auf. Er saß auf einem steinernen Boden im trüben Dämmerlicht, angelehnt gegen Eisenstangen. Sein Kopf dröhnte, und als er sich die geschwollene Oberlippe leckte, schmeckte er geronnenes Blut. Nur sehr langsam kehrte seine Erinnerung zurück. Die Tür neben ihm stand weit offen, die dazugehörige Zelle war leer. Die Insassen hatten ihn einfach zurückgelassen. Sein Schicksal hatte sie nicht weiter interessiert. Woher war der Schlag gekommen? Der verdammte Nigger, schlussfolgerte Rainsford. Er hätte ihn und das Schlitzauge verrotten lassen und das Boot nicht wenden sollen. „Das Boot!", schrie er panisch auf und bemerkte den stechenden Schmerz, den ihm sein Kiefer bereitete. Wenn die beiden das Boot gefunden hatten, wäre das womöglich sein Ende auf dieser Insel. Er musste ihnen zuvorkommen! Instinktiv griff er zu seinem Hosenbund: Die Pistole war nicht mehr da, sie lag auch nicht in seiner Nähe. „Auch das noch", murmelte er aufgebracht. Einer der beiden war bewaffnet.

Noch leicht benommen quälte er sich die Wendeltreppe hinauf. Sein Ziel war die Waffenkammer. Dort stattete er sich neu aus: eine handliche Luger und eine Schrotflinte, die ihm im Schloss auf kurze Distanz eine nützliche Gefährtin sein würde.

Jetzt fühlte er sich besser, erleichtert, sicher. Zuversichtlich und überlegen. Dies war das Element, in dem er sich auskannte: die Pirsch. Vorsichtig stieg er ins Erdgeschoss. Dort schlich er fast lautlos und bereit, sich jeden Moment zu verteidigen, von Zimmer zu Zimmer. Als er zur Küche gelangte, vernahm er einen Laut. Sofort blieb er stehen. Er lauschte, versuchte bekannte Geräusche auszumachen, um verstehen zu können, was sich im Raum vor ihm abspielte.

Nach einiger Zeit meinte er das leise Plätschern von Wasser zu hören. Wusch jemand ab? Aber wozu sollte er sich hier länger aufhalten? Sein Ziel war das Boot. Dorthin musste er so schnell wie möglich. Er huschte leise an der Küche vorbei und wollte weiter, als die Tür geöffnet wurde. Rasch drehte er sich um und sah in die entsetzten Augen des Chinesen. Einen Moment lang starrten sie einander fassungslos an, dann stürmte der Asiat zurück in die Küche, um einen Augenblick später mit einem langen Brotmesser, das er hoch über seinem Kopf mit ausgestreckter Klinge hielt, herausgelaufen zu kommen. Dabei schrie er grell wie ein Wilder.

Fast hatte er Rainsford erreicht. Dann wurde der Chinese jedoch von einer Ladung Schrot aus nächster Nähe getroffen und durch die Wucht der zahllos eindringenden Kugeln zurückgeschleudert. Kurz richtete er sich noch einmal auf, betrachtete seine Wunden und starb dann stumm mit einem Gesichtsausdruck voller Entsetzen.

Vor Schreck erstarrt sah Rainsford offenen Mundes zu seinem Opfer. Der Chinese hatte ihn töten wollen. Also hatte er ohne Zweifel in Notwehr gehandelt, es traf ihn somit keine Schuld. Trotzdem ließ ein Schauder ihn frösteln. Abermals hatte er einen Menschen erschossen; diesmal allerdings keinen Mörder, sondern einen unschuldigen, verängstigten Gefangenen Zaroffs. Er fühlte sich schon wieder elendig und kniete nieder, um sich erneut zu übergeben. Außer einem übel schmeckenden grünlichen Schleim würgte er nichts heraus. Sein Bauch krampfte und ihm wurde schwindelig. Neben diesem schlechten Empfinden war da aber noch etwas. Etwas, das er nicht klar bestimmen konnte; etwas, vor dem er sich fürchtete; etwas, das er sich nicht einzugestehen wagte: dieses Hochgefühl, welches er auch nach Zaroffs Tod und zuvor seit dem Krieg nicht mehr erlebt hatte - eine Mischung aus Freude und Euphorie. Hatte Zaroff mit allem recht gehabt? Er weigerte sich, sträubte sich, kämpfte mit all seiner verbliebenen Kraft dagegen an. Er musste es im Keim ersticken. Aber wollte er es auch? Er war so verwirrt. Diese verfluchte Insel! Was machte sie nur aus ihm? Welche tief in seinem Innern verborgenen Regionen weckte sie? Zum Schiff! Rasch lief er aus dem Haus hinaus und blind den Weg hinunter.

Den Schuss nahm er erst wahr, als die Kugel dumpf nur wenige Zentimeter neben ihm im Gras einschlug. Auf dem Boot stand der Schwarze und zielte auf Rainsford, der etwa 50 Meter von ihm entfernt auf dem Kiesweg stehen geblieben war. Ein neuer Schuss fiel. Rainsford warf sich zu Boden. Wo die zweite Kugel eingeschlagen hatte, vermochte er nicht zu sagen. Kurz blickte er hinüber zu seinem Gegner, der die Pistole immer noch auf ihn gerichtet hielt. Rainsford zögerte nicht länger, sondern sprang auf und sprintete zu einem kleinen Palmenhain, wo er Deckung suchte. Ein Feuergefecht begann. Wie wild schossen die beiden mehrfach aufeinander. Und endlich traf er.

Im Wasser neben dem Boot trieb kopfüber der leblose schwarze Körper. Rainsford lachte laut auf und leckte dann mit der Zunge über seine Oberlippe, die von Neuem angefangen hatte zu bluten. Wahrscheinlich hatte er während der Schießerei darauf gebissen. Unbewusst spuckte er vom Steg hinab auf die Leiche. Dieses Stück Dreck hatte es nicht besser verdient, lediglich seine gerechte Strafe erhalten. Das Schwein hätte ihn hier verrotten lassen; ihn, der umgedreht war, um einen wertlosen Nigger zu retten. Es war so grotesk, einfach lächerlich. Er krümmte sich geradezu vor Lachen. Es war wunderbar! Die vergangenen Stunden waren unglaublich gewesen! Wann hatte er sich das letzte Mal so herrlich gefühlt? Er konnte es nicht mit Bestimmtheit sagen. All die öden Großwildjagden hatten ihn doch nicht mehr wirklich befriedigt, geschweige denn glücklich gemacht. Er musste an Whitney denken, diesen Schwächling. Oh ja, der General hatte recht gehabt: Der Jäger war tatsächlich ein Gott! Und Gott kannte keine Gnade. Wozu sollte er sie kennen? Er war dazu bestimmt, ein Gott zu sein! Seine Aufgabe war es, über Leben und Tod zu entscheiden. Hitler, diese geniale Bestie! Wie früh hatte der Führer all das erkannt und mehr als nur laut ausgesprochen. Nachdem Rainsford nun endlich ebenso den Mut zur Ehrlichkeit gefunden hatte, wie sehr durfte er Hitler von diesem Moment an bewundern. Innerhalb eines halben Tages hatte er dreimal über ein Menschenleben entschieden. Diese Insel war himmlisch! Und nur noch er kannte dieses Paradies. Er würde diesen Garten Eden zu schätzen wissen!

Während er das Großsegel hievte, um zu guter Letzt aufs offene Meer zu fahren, wusste er, dass er schon bald zurückkehren würde - doch nicht allein. Neue Spielkameraden dürften ihn begleiten – und Whitney sollte das Sahnestück sein.

### Das gefährlichste Spiel, Richard Connell
(Übersetzung Ulf Kreth)

„Irgendwo dort hinten rechts befindet sich eine große Insel", sagte Whitney. „Es ist schon ein ziemliches Rätsel."

„Welche Insel ist es denn?", fragte Rainsford.

„Die alten Karten nennen sie die ‚Schiffsfalle'", antwortete Whitney. „Ein zweideutiger Name, nicht wahr? Seeleute haben eine seltsame Angst vor dem Ort. Weswegen weiß ich nicht. Irgendein Aberglaube."

„Kann sie nicht sehen", erwiderte Rainsford und versuchte, durch die feucht-tropische Nacht zu spähen, die mit ihrer dicken, warmen Schwärze, mit der sie auf die Yacht drückte, fast greifbar war.

„Sie haben zwar gute Augen", sagte Whitney und fügte lachend hinzu, „und ich habe mitgekriegt, wie Sie einen Elch abgeknallt haben, der sich im braunen Herbstwald 400 Meter entfernt bewegte. Aber selbst Sie können keine sechs Kilometer oder mehr durch eine mondlose karibische Nacht blicken."

„Nicht einmal sechs Meter", gab Rainsford zu. „Pfui Deibel! Es ist wie feuchter schwarzer Samt."

„In Rio wird es hell genug sein", versprach Whitney. „Wir sollten es in ein paar Tagen schaffen. Ich hoffe, dass die Gewehre von Purdey's für die Jaguare angekommen sind. Wir werden bestimmt einige richtig gute Jagden am Amazonas haben. Großartige Sportart, die Jagd."

„Die beste Sportart der Welt", stimmte Rainsford zu.

„Für den Jäger", berichtigte Whitney. „Nicht für den Jaguar."

„Reden Sie keinen Stuss, Whitney", sagte Rainsford. „Sie sind Großwildjäger, kein Philosoph. Wen interessiert das schon, wie sich ein Jaguar dabei fühlt."

„Vielleicht den Jaguar", meinte Whitney.

„Quatsch! Ein Jaguar hat schließlich keinen Verstand."

„Mag sein, aber ich glaube, dass er eins versteht − Furcht. Die Furcht vor Schmerz und die Furcht vor dem Tod."

„Unsinn", lachte Rainsford. „Diese Hitze macht sie weich, Whitney. Seien Sie Realist. Die Welt besteht aus zwei Klassen: den Jägern und den Gejagten. Glücklicherweise sind Sie und ich Jäger. Glauben Sie, wir sind schon an der Insel vorbei?"

„Das kann ich in der Dunkelheit nicht sagen. Ich hoffe es."

„Wieso?", wollte Rainsford wissen.

„Der Ort hat einen üblen Ruf."

„Kannibalen?"

„Wohl kaum. Selbst Kannibalen würden nicht an einem solch gottverlassenen Ort leben. Aber irgendwie hat sich die Insel in Seemannsgarn gesponnen. Haben Sie gar nicht bemerkt, dass die Crew den ganzen Tag über nervös gewesen ist?"

„Jetzt, da Sie es sagen; sie waren schon ein wenig seltsam, sogar Kapitän Nielsen", stellte Rainsford fest.

„Ja, selbst der alte, harte Schwede, der zum Teufel gehen und um Feuer bitten würde. Diese fischblauen Augen hatten einen Blick, wie ich ihn noch nie zuvor gesehen habe. Alles, was ich aus ihm herauskriegen konnte, war: ‚Dieser Ort hat einen schlechten Namen unter Seefahrern, Sir.' Dann sagte er sehr ernsthaft zu mir: ‚Fühlen Sie nichts?' Als ob die Luft vergiftet gewesen wäre. Wenn ich Ihnen das jetzt erzähle, dürfen Sie nicht darüber lachen. Ich habe so etwas wie einen unerwarteten Kälteschauer gefühlt. Es gab keine

Brise. Das Meer war glatt wie eine Glasscheibe. Wir trieben in dem Moment in der Nähe der Insel. Was ich gefühlt habe, war eine, eine unbegreifliche Kälte – eine Art plötzlicher Furcht."

„Reine Einbildung", beruhigte Rainsford. „Ein abergläubischer Matrose kann die gesamte Besatzung mit seiner Angst verderben."

„Mag sein. Aber manchmal, glaube ich, haben Matrosen einen siebten Sinn, der ihnen Bescheid gibt, wenn sie sich in Gefahr befinden. Manchmal, glaube ich, kann man das Böse fühlen – durch Wellen wie den Schall oder das Licht. Ein böser Ort kann, würde ich sagen, Schwingungen des Bösen aussenden. Wie dem auch sei, ich bin froh, dass wir aus dem Gebiet fahren. Ich denke, ich werde zu Bett gehen, Rainsford."

„Ich bin nicht müde", sprach Rainsford. „Ich werde noch eine Pfeife oben auf dem Achterdeck rauchen."

„Gute Nacht dann, Rainsford. Ich sehe Sie beim Frühstück."

„Ja, gute Nacht, Whitney."

Außer dem dumpfen Pochen der Maschine und dem leichten Wellengang durch die Schraube, die die Yacht schnell durch die Dunkelheit brachte, gab es keinen Laut in der Nacht, als sich Rainsford auf dem Achterdeck befand.

Rainsford saß träge in einem Sonnenstuhl und rauchte seinen Lieblingstabak. Die Verschlafenheit der Nacht umhüllte ihn. „Es ist so dunkel", überlegte er, „dass ich schlafen könnte, ohne meine Augen zu schließen; die Nacht wäre meine Augenlider."

Ein plötzliches Geräusch schreckte ihn auf. Rechts von ihm hörte er es, und seine Ohren, erfahren in dieser Hinsicht, konnten sich nicht irren. Abermals vernahm er das Geräusch. Und noch einmal. Irgendwo in der Schwärze hatte jemand dreimal geschossen.

Rainsford sprang auf und stürzte verwirrt zur Reling. Er blickte angestrengt in die Richtung, aus der die Schüsse gekommen waren, aber es war, als ob man versuchte, durch eine Wolldecke zu schauen. Er sprang auf die Reling, um an Höhe zu gewinnen; seine Pfeife, die gegen ein Seil schlug, wurde ihm aus dem Mund geschlagen. Er griff nach ihr und stieß einen kurzen, heiseren Schrei aus, als er bemerkte, dass er sich zu weit vorgelehnt und die Balance verloren hatte. Sein Schrei wurde abrupt unterbrochen, als das blutwarme Wasser der Karibik über seinem Kopf zusammenschlug.

Er kämpfte sich zur Oberfläche und versuchte zu rufen, doch die Wellen der sich entfernenden Yacht schlugen ihm ins Gesicht und das Salzwasser in seinem offenen Mund ließ ihn würgen und schnitt ihm Luft und Stimme ab. Verzweifelt begann er mit kräftigen Schlägen den Lichtern der Yacht hinterherzuschwimmen, aber nach nicht einmal 15 Metern hörte er auf. Eine gewisse Besonnenheit kam in ihm auf; es war nicht das erste Mal, dass er sich in einer schwierigen Situation befand. Es bestand Möglichkeit, dass seine Schreie von jemandem an Bord der Yacht gehört worden waren. Allerdings wurde die Wahrscheinlichkeit kleiner und kleiner, da die Yacht mit unverminderter Geschwindigkeit weiterfuhr. Er schlüpfte mühsam aus seiner Kleidung und rief mit ganzer Kraft. Die Lichter der Yacht wurden schwach und zu verschwindenden Glühwürmchen; dann wurden sie gänzlich von der Nacht verschluckt.

Rainsford erinnerte sich an die Schüsse. Sie waren von Steuerbord gekommen und verbissen schwamm er in die Richtung mit langsamen, bedächtigen Zügen, um seine

Kräfte zu schonen. Eine endlos scheinende Zeit kämpfte er gegen die See. Er begann, seine Züge zu zählen; er würde möglicherweise hundert weitere schaffen und dann ...

Rainsford hörte ein Geräusch. Es kam aus der Dunkelheit, ein hoher, schriller Ton, der Laut eines Tieres unter extremen Schmerzen oder Angst.

Welches Tier jenen Laut ausgestoßen hatte, vermochte er nicht mit Bestimmtheit zu sagen; er versuchte es nicht einmal; mit frischer Lebenskraft schwamm er in Richtung Geräusch. Er hörte es erneut; dann wurde es unterbrochen durch ein anderes, eine Art knackendem Staccato.

„Der Schuss einer Pistole", murmelte Rainsford und schwamm weiter.

Zehn Minuten entschlossener Anstrengung trugen ein weiteres Geräusch zu seinen Ohren – das willkommenste, das er jemals gehört hatte: das Grollen einer Brandung. Fast schon war er auf den Felsen, bevor er sie sah; in einer weniger ruhigen Nacht wäre er gegen sie geschmettert worden. Mit der Kraft, die er noch hatte, zog er sich aus dem wirbelnden Wasser. Zerklüftete Felsen schienen in die Dunkelheit hinauszuragen; er zwang sich hinauf, Griff für Griff. Keuchend und mit wunden Händen erreichte er ein Plateau auf dem Gipfel der Klippen. Dichter Dschungel reichte fast bis zur Kante. Welche Gefahren das Gewirr von Bäumen und Unterholz für ihn bereithalten mochte, interessierte ihn in diesem Augenblick nicht. Es zählte nur, dass er sich vor seinem Feind, dem Meer, gerettet hatte und hundemüde war. Er warf sich am Rand des Dschungels auf den Boden und rollte kopfüber in den tiefsten Schlaf seines Lebens.

Als er seine Augen öffnete, wusste er anhand der Stellung der Sonne, dass es spät am Nachmittag war. Der Schlaf hatte ihm neue Kraft gegeben; großer Hunger plagte ihn. Er schaute sich um, fast freudig.

„Wo es Pistolen gibt, da gibt es auch Menschen. Und wo es Menschen gibt, da gibt es auch etwas zu essen", dachte er. Aber was für Menschen, fragte er sich, lebten an einem derart unmenschlichen Ort? Eine undurchdringliche Mauer aus wild wucherndem und zerklüftetem Dschungel schloss sich ans Ufer an.

Er sah kein Zeichen eines Pfades durch das eng zusammengewachsene Netz aus Büschen und Bäumen; einfacher war es, am Ufer entlangzugehen, und das tat Rainsford. Unweit der Stelle, wo er gestrandet war, hielt er inne.

Ein verwundetes Wesen – ohne Zweifel ein großes Tier – war voller Wucht ins Unterholz gedrungen, Pflanzen waren niedergedrückt, Moos war an einigen Stellen weggerissen, an anderen rot befleckt. Ein kleines, glänzendes Objekt, nicht weit entfernt, fiel Rainsford ins Auge und er hob es auf. Es war eine leere Patronenhülse.

„22 mm", stellte er fest. „Das ist ungewöhnlich. Es muss ja ein ziemlich großes Tier gewesen sein. Und doch hatte der Jäger die Nerven, es mit einem kleinen Kaliber anzugreifen. Es ist offensichtlich, dass das Tier zum Kampf bereit war. Ich nehme an, dass die ersten drei Schüsse, die ich gehört habe, die Beute aufscheuchten und verwundeten. Hier hat er es schließlich gestellt und mit dem letzten Schuss getötet."

Er betrachtete den Boden genauer und entdeckte, was er zu finden hoffte: den Abdruck von Jagdstiefeln. Sie verliefen entlang der Klippe in die Richtung, in die er gegangen war. Voller Eifer eilte er ihnen nach, rutschte von Zeit zu Zeit auf einem verrottenden Holzstamm oder einem lockeren Stein aus, doch kam er gut voran; die Nacht war auch nahe.

Trostlose Dunkelheit hüllte Meer und Dschungel in Schwärze ein, als Rainsford die Lichter ausmachte. Er stieß auf sie, als er um eine Biegung in der Küstenlinie kam. Sein erster Gedanke war, dass er auf ein Dorf gestoßen war, weil es so viele Lichter gab. Als er jedoch näher kam, erkannte er zu seiner großen Verwunderung, dass all die Lichter zu einem einzigen riesigen Gebäude gehörten – eine hochaufragende Struktur mit spitzen Türmen, die aufwärts in die Finsternis eintauchten. Seine Augen machten die in Schatten halb verborgenen Umrisse eines palastartigen Chateaus aus. Es stand auf einer hohen Steilküste und an seinen drei Seiten liefen Klippen hinunter zur See, die laut mit gierigen Lippen an ihnen nagte.

„Eine Illusion", dachte Rainsford. Aber es war keine, musste er sich eingestehen, als er das hohe Eisentor, das mit Spitzen versehen war, öffnete. Die Steinstufen erwiesen sich als ebenso echt wie die massive Tür mit einem grinsenden Wasserspeier als Türklopfer; und nichtsdestotrotz hing über allem ein Hauch von Unwirklichkeit.

Mit Mühe hob er den Türklopfer an, der sich mit einem lauten Knarren wehrte, als ob er noch nie zuvor betätigt worden war. Er ließ ihn fallen und das laute Dröhnen überraschte ihn. Dann meinte er, Schritte im Innern zu vernehmen; doch die Tür blieb verschlossen. Noch einmal hob er den schweren Türklopfer und ließ ihn fallen. Dann öffnete sich die Tür - so plötzlich, als ob sie auf einer Springfeder säße – und Rainsford stand blinzelnd in einem Fluss aus blendendem Gold, das herausströmte. Das Erste, das Rainsford wahrnehmen konnte, war der größte Mann, den Rainsford jemals gesehen hatte - ein Hüne, massiv gebaut mit schwarzem Bart bis zur Hüfte. In seiner Hand hielt er einen langläufigen Revolver und mit diesem zielte er geradewegs auf Rainsfords Herz.

Aus dem Gewirr von Bart betrachteten Rainsford zwei kleine Augen.

„Keine Angst", sagte Rainsford mit einem, so hoffte er, besänftigenden Lächeln. „Ich bin kein Räuber. Ich bin von einer Yacht gefallen. Mein Name ist Sanger Rainsford aus New York City."

Der bedrohliche Blick in den Augen änderte sich nicht. Der Revolver zeigte so unnachgiebig auf ihn, als ob der Riese eine Statue wäre. Kein Zeichen deutete daraufhin, dass er Rainsfords Worte verstanden oder sie gar gehört hätte. Er war in eine Uniform gekleidet – eine schwarze Uniform mit einem grauen Persianer besetzt.

„Ich bin Sanger Rainsford aus New York City", begann Rainsford von Neuem. „Ich bin von einer Yacht gefallen. Ich habe Hunger."

Die einzige Antwort des Mannes war, mit seinem Daumen den Hahn des Revolvers zu ziehen. Dann sah Rainsford, wie der Mann die freie Hand zur Stirn zu einem Militärsalut hob, die Hacken zusammenschlug und stramm stand. Ein anderer Mann kam die breiten Marmorstufen herab; er war schlank, hatte Abendkleidung an und ging sehr aufrecht. Er näherte sich Rainsford und streckte die Hand aus.

Mit gepflegter Stimme, der ein feiner Akzent zusätzliche Genauigkeit und Besonnenheit verlieh, sagte er: „Es ist mir eine große Freude und Ehre, in meinem Haus Herrn Sanger Rainsford, den gefeierten Jäger, zu begrüßen."

Automatisch schüttelte Rainsford die Hand des Mannes.

„Sie müssen wissen, dass ich Ihr Buch über die Schneeleopardenjagd in Tibet gelesen habe", erklärte der Mann. „Ich bin General Zaroff."

Rainsford erster Eindruck war, dass der Mann außerordentlich gut aussah; der zweite zeigte ihm einen primitiven, fast absonderlichen Ausdruck im Gesicht des Generals. Er war ein hochgewachsener Mann fortgeschrittenen mittleren Alters mit gepflegtem weißen Haar. Seine Augenbrauen und sein spitzer militärischer Oberlippenbart waren so schwarz wie die Nacht, aus der Rainsford gekommen war. Auch seine Augen waren schwarz und äußerst strahlend. Er hatte hohe Wangenknochen, eine markante Nase und das Gesicht eines Mannes, der gewohnt war, Befehle zu geben – das Gesicht eines Adligen. Der General wandte sich dem Riesen zu und gab ihm ein Zeichen. Der Riese steckte seine Pistole weg, salutierte und entfernte sich.

„Ivan ist ein schrecklich kräftiger Bursche", äußerte sich der General, „doch unglücklicherweise ist er taubstumm. Ein einfacher Kamerad, aber ich befürchte, wie alle seiner Rasse hat er etwas von einem Wilden."

„Ist er Russe?"

„Er ist Kosake", erwiderte der General und sein Lächeln zeigte rote Lippen und spitze Zähne, „so wie ich. Kommen Sie", fuhr der General fort, „wir sollten hier nicht plaudern. Wir können später reden. Jetzt möchten Sie Kleidung, Essen, Ruhe. Sie werden alles bekommen. Dies hier ist der erholsamste Ort auf Erden."

Ivan war zurückgekehrt und der General sprach mit ihm, indem er die Lippen bewegte, aber ohne einen Ton von sich zu geben.

„Bitte folgen Sie Ivan, Herr Rainsford", sagte der General. „Als Sie erschienen, wollte ich gerade zu Abend essen. Ich werde auf Sie warten. Ich nehme an, dass meine Kleider Ihnen passen werden."

Rainsford folgte Ivan zu einem gewaltigen, hell erleuchteten Schlafzimmer, in dem sich ein Himmelbett befand, das groß genug für sechs Personen war. Ivan legte ihm einen Abendanzug zurecht und Rainsford bemerkte, als er das Kleidungsstück anzog, dass es von einem Londoner Schneider stammte, welcher für gewöhnlich für niemanden schnitt und nähte, der nicht zumindest den Rang eines Herzogs hatte.

Der Speisesaal, zu dem Ivan ihn führte, war in vielerlei Hinsicht außergewöhnlich. Er besaß eine mittelalterliche Pracht wie ein fürstlicher Saal aus feudaler Zeit mit seinen eichenen Täfelungen, seiner hohen Decke und den gewaltigen Tischen, an denen 40 Menschen essen konnten. Im gesamten Saal hingen Köpfe von zahlreichen Tieren: Löwen, Tigern, Elefanten, Elchen, Bären – größere und makellosere Exemplare als Rainsford jemals gesehen hatte. Am großen Tisch saß der General - allein.

„Sie möchten sicherlich einen Cocktail, Herr Rainsford", meinte er. Der Cocktail war überdurchschnittlich gut und Rainsford fiel auf, dass die Tischdekoration äußerst vornehm war: der Stoff, das Kristallglas, das Silber, das Porzellan.

Sie aßen Borschtsch, die reichhaltige rote Suppe mit Sahne, die dem russischen Gaumen so lieb und teuer ist. Entschuldigend wandte sich der General an Rainsford: „Wir tun unser Bestes, die Annehmlichkeiten der Zivilisation zu wahren. Bitte vergeben Sie uns, sollte etwas fehlen. Wir befinden uns wirklich fernab von allem. Finden Sie, dass der Champagner unter der langen Reise übers Meer gelitten hat?"

„Nicht im Geringsten", stellte Rainsford fest. Er fand im General einen äußerst aufmerksamen und freundlichen Gastgeber vor, einen wahren Weltbürger. Dennoch gab es eine Kleinigkeit am General, die ihm nicht behagte. Jedesmal, wenn er von seinem Teller aufsah, bemerkte er, dass der General ihn studierte, ihn mit zusammengekniffenen Augen begutachtete.

„Vielleicht", sagte General Zaroff, „ waren Sie überrascht, dass ich Ihren Namen kannte. Sehen Sie, ich habe alle Bücher über das Jagen gelesen, die auf Englisch, Französisch und Russisch veröffentlicht worden sind. Ich habe nur eine einzige Leidenschaft im Leben, Herr Rainsford, und diese ist die Jagd."

„Sie haben einige stattliche Köpfe hier", sagte Rainsford, während er ein besonders gut zubereitetes Filet Mignon aß. „Der Kaffernbüffel ist der größte, den ich jemals gesehen habe."

„Oh, der Bursche. Ja, er ist ein Monster."

„Hat er Sie angegriffen?"

„Hat mich gegen einen Baum geschleudert", erzählte der General. „Brach meinen Schädel. Aber ich habe ihn erwischt."

„Ich bin stets der Ansicht gewesen", meinte Rainsford, „dass der Kaffernbüffel das gefährlichste Großwild ist."

Einen Moment lang erwiderte der General nichts; er grinste sein seltsames Rote-Lippen-Lächeln. Dann sagte er langsam: „Nein. Da haben Sie Unrecht, Herr Rainsford. Der Kaffernbüffel ist *nicht* das gefährlichste Großwild." Er nippte an seinem Wein. „Hier in meinem Park auf dieser Insel", fuhr er im selben langsamen Tonfall fort, „jage ich gefährlicheres Wild."

Rainsford äußerte seine Überraschung: „Gibt es denn auf dieser Insel Großwild?"

Der General nickte: „Das größte."

„Tatsächlich?"

„Oh, es ist selbstverständlich nicht von Natur aus hier. Ich muss es auf die Insel bringen."

„Was haben Sie denn eingeführt, General?", fragte Rainsford. „Tiger?"

Der General lächelte: „Nein. Tiger zu jagen, interessiert mich schon seit einigen Jahren nicht mehr. Ich habe ihre Möglichkeiten ausgeschöpft, verstehen Sie. Kein Nervenkitzel mehr an Tigern, keine wirkliche Gefahr. Ich lebe für die Gefahr, Herr Rainsford."

Aus seiner Tasche nahm der General ein goldenes Zigarettenetui und bot seinem Gast eine lange schwarze Zigarette mit silbernem Mundstück an. Diese war parfümiert und roch nach Weihrauch.

„Wir werden eine großartige Jagd haben, Sie und ich", stellte der General fest. „Ich werde sehr erfreut darüber sein, Ihre Gesellschaft zu haben."

„Aber welches Wild...", begann Rainsford.

„Werde ich Ihnen sagen", unterbrach ihn der General. „Sie werden Spaß haben, dessen bin ich mir sicher. Ich glaube, dass ich mit aller Bescheidenheit sagen darf, dass ich etwas Seltenes geschaffen habe. Ich habe ein neues Gefühl erfunden. Erlauben Sie mir, Ihnen noch ein Glass Portwein einzugießen?"

„Danke sehr, General."

Der General füllte beide Gläser und sprach: „Gott macht aus einigen Menschen Dichter. Einige macht er zu Königen, andere zu Bettlern. Mich hat er zum Jäger gemacht. Meine Hand wurde für den Abzug geschaffen, sagte mein Vater. Er war ein sehr reicher Mann mit einer viertel Million Acre auf der Krim und er war ein begeisterter Sonntagsjäger. Als ich gerade mal fünf Jahre alt war, gab er mir eine kleine Waffe, die er eigens für mich in Moskau hatte anfertigen lassen, um damit Spatzen zu schießen. Als ich mehrere seiner preisgekrönten Truthähne damit schoss, bestrafte er mich nicht. Er beglückwünschte mich zu meiner Treffsicherheit. Meinen ersten Bären tötete ich im Kaukasus, da war ich zehn. Mein gesamtes Leben ist eine einzige Jagd. Ich bin zur Armee gegangen – das wurde vom Sohn eines Adligen erwartet – und habe dort eine Zeit lang eine Division einer Kosaken-Kavallerie befehligt, doch galt mein wahres Interesse immer der Jagd. Ich bin jeglicher Art von Jagd in jedem Land der Erde nachgegangen. Es wäre unmöglich für mich, Ihnen zu sagen, wie viele Tiere ich getötet habe."

Der General zog an seiner Zigarette.

„Nach dem Debakel in Russland verließ ich das Land, weil es für einen Offizier des Zaren unklug war, zu bleiben. Viele russische Edelleute verloren alles. Ich hatte zum Glück massiv in amerikanische Wertpapiere investiert, sodass ich niemals eine Teestube in Monte Carlo eröffnen oder in Paris Taxi fahren musste. Selbstverständlich habe ich weiter gejagt: Grizzlybären in Ihren Rockies, Krokodile am Ganges, Nashörner in Ostafrika. In Afrika hat mich auch der Kaffernbüffel erwischt und ich war sechs Monate lang ans Bett gefesselt. Sobald ich wieder gesund war, fing ich an, am Amazonas Jaguare zu jagen, da ich gehört hatte, dass sie außerordentlich gerissen sein sollten. Sie waren es aber nicht." Der Kosake seufzte. „Sie waren keinerlei gleichwertiger Gegner für einen intelligenten Jäger und ein Präzisionsgewehr. Ich war schrecklich enttäuscht. Eines Nachts lag ich in meinem Zelt mit dröhnenden Kopfschmerzen, als mir eine furchtbare Erkenntnis kam: Jagen fing an, mich zu langweilen! Und Sie wissen ja, dass die Jagd mein Leben bedeutet hatte. Ich habe gehört, dass in Amerika Geschäftsleute zugrunde gehen, wenn sie ihren Beruf aufgeben, der ihr Leben gewesen ist."

„Ja, das ist in der Tat so", bestätigte Rainsford.

Der General lächelte. „Ich wollte nicht zugrunde gehen", sagte er. „Ich musste etwas tun. Sehen Sie, Herr Rainsford, ich besitze einen psychoanalytischen Verstand. Zweifelsohne ist das der Grund, weswegen ich Vergnügen an den Schwierigkeiten der Verfolgungsjagd finde."

„Zweifelsohne, General Zaroff."

„Deshalb", fuhr der General fort, „fragte ich mich, weswegen die Jagd mich nicht mehr faszinierte. Sie sind viel jünger als Ich, Herr Rainsford, und haben noch nicht so viel gejagt, aber möglicherweise ahnen Sie meine Antwort."

„Welche da ist?"

„Ganz einfach: Das Jagen war keine, so wie Sie es nennen, ,sportliche Herausforderung' mehr. Es war zu einfach geworden. Immer bekam ich meine Beute. Es gibt keine größere Langeweile als Vollkommenheit."

Der General zündete sich eine neue Zigarette an.

„Kein Tier hatte eine Chance gegen mich. Das ist keine Prahlerei; es ist eine mathematische Bestimmtheit. Das Tier hatte nichts als seine Beine und seinen Instinkt. Instinkt ist kein Gegner von Verstand. Als ich dies erkannte, war es ein tragischer Moment für mich, das kann ich Ihnen versichern."

Rainsford stützte sich auf den Tisch, weil er von dem, was sein Gastgeber erzählte, derart eingenommen war.

„Was ich tun musste, erschien mir wie Eingebung", erklärte der General weiter.

„Und was war es?"

Der General lächelte das stille Lächeln von jemandem, der einem Hindernis gegenübergestanden und es schließlich erfolgreich bewältigt hat. „Ich musste ein neues Tier für die Jagd erfinden", sagte er.

„Ein neues Tier? Sie scherzen." – „Nicht im Geringsten", widersprach der General. „Ich scherze nie über die Jagd. Ich brauchte ein neues Tier. Ich habe eins gefunden. Deshalb kaufte ich diese Insel, ließ dieses Haus bauen und betreibe hier meine Jagd. Die Insel ist perfekt für meinen Zweck: Es gibt einen Dschungel mit einem Labyrinth aus Pfaden darin, Hügel, Sümpfe..."

„Aber das Tier, General Zaroff", unterbrach Rainsford.

„Oh", antwortete der General, „es bereitet mir die aufregendste Jagd auf der ganzen Welt. Keine andere Jagd ist auch nur ansatzweise damit vergleichbar. Jeden Tag jage ich, und niemals wird mir nun langweilig, weil ich eine Beute besitze, mit der ich meinen Verstand messen kann."

Deutlich zeigte sich in Rainsfords Gesicht dessen Verwirrung.

„Ich wollte das ideale Tier für die Jagd", klärte der General auf. „Deswegen habe ich mich gefragt: ‚Welche Eigenschaften besitzt eine ideale Beute?' Und die Antwort war natürlich: ‚Sie muss über Mut, Gerissenheit und vor allem Verstand verfügen.'"

„Aber kein Tier hat Verstand", protestierte Rainsford.

„Mein lieber Freund", sagte der General, „es gibt eins, das ihn besitzt."

„Aber Sie meinen doch nicht etwa...", keuchte Rainsford.

„Und warum nicht?"

„Ich kann nicht glauben, dass Sie das ernst meinen, General Zaroff. Das ist doch ein schlechter Witz."

„Warum sollte ich das nicht ernst meinen? Ich rede schließlich vom Jagen."

„Jagen? Um Himmels willen, General Zaroff, das, wovon Sie reden, ist Mord."

Der General lachte gutmütig. Er betrachtete Rainsford belustigt. „Ich weigere mich zu glauben, dass ein so moderner und zivilisierter junger Mann wie Sie die romantische Vorstellung vom Wert des menschlichen Lebens vertritt. Ihre Erfahrungen im Krieg haben sicherlich…"

„Mich nicht dazu gebracht, kaltblütigen Mord zu dulden", beendete Rainsford steif den Satz.

Der General konnte sich vor Lachen kaum halten. „Sie sind ungemein komisch!", sagte er. „Heutzutage erwartet man wohl kaum von einem gebildeten jungen Mann, nicht einmal von einem Amerikaner, dass er eine so naive, falls ich das sagen darf, derart viktorianische Meinung besitzt. Es ist, als ob man eine Schnupftabakdose in einer Limousine fände. Ah, nun, Sie haben ohne Zweifel puritanische Vorfahren. Viele Amerikaner scheinen sie gehabt zu haben. Ich wette, dass Sie Ihre Hemmungen verlieren werden, wenn Sie mit mir jagen gehen. Auf Sie wartet ein völlig neuer Nervenkitzel, Herr Rainsford."

„Danke sehr, ich bin ein Jäger, kein Mörder."

„Mein Lieber", sagte der General recht ruhig, „schon wieder dieses widerliche Wort. Aber ich denke, dass ich Ihnen beweisen kann, dass Ihre Skrupel absolut unbegründet sind."

„Ja?"

„Das Leben ist für die Starken, um von den Starken gelebt zu werden und, falls dies notwendig ist, um von den Starken genommen zu werden. Die Schwachen der Welt sind auf diese gebracht worden, um den Starken Vergnügen zu bereiten. Ich bin stark. Wieso sollte ich meine Gabe nicht nutzen? Wenn ich jagen möchte, weswegen sollte ich es nicht tun? Ich jage den Abschaum der Welt: Matrosen von Trampschiffen – Schwarze, Chinesen, Weiße, Mischlinge – ein Vollblüter oder ein Jagdhund sind mehr wert als zwanzig von ihnen."

„Aber es sind Menschen", warf Rainsford hitzig ein.

„Genau", stimmt der General zu. „Deswegen benutze ich sie ja auch. Das bereitet mir Vergnügen. Sie haben Verstand, mehr oder weniger. Deshalb sind sie gefährlich."

„Aber woher kriegen Sie sie?"

Der General blinzelte Rainsford zu. „Diese Insel wird ‚Schiffsfalle' genannt", antwortete er. „Manchmal liefert sie mir ein böser Gott des Meeres. Manchmal jedoch, wenn Gott nicht so gnädig ist, helfe ich ein bisschen nach. Begleiten Sie mich zum Fenster."

Rainsford trat ans Fenster und schaute hinaus zur See.

„Schauen Sie! Dort draußen!", rief der General und zeigte in die Nacht. Rainsfords Augen sahen nur Schwärze, aber dann, als der General einen Knopf drückte, erkannte Rainsford weit draußen auf dem Meer Lichtblitze.

Der General kicherte. „Sie weisen auf einen Kanal", erklärte er, „wo es keinen gibt; riesige Felsen mit rasiermesserscharfen Kanten kauern dort wie ein Meeresungeheuer mit weit geöffnetem Maul. Sie vermögen ein Schiff so einfach zu zermalmen wie ich diese Nuss." Er ließ eine Walnuss aufs Parkett fallen und zertrat sie mit seinem Stiefelabsatz. „Oh ja", sprach er nebenbei, als ob er auf eine Frage antwortete, „ich habe Elektrizität. Wir versuchen hier zivilisiert zu sein."

„Zivilisiert? Und Sie erschießen Menschen?"

Eine Spur von Zorn wurde sichtbar in den Augen des Generals, aber nur eine Sekunde lang. „Mein Lieber", sagte er auf freundschaftlichste Art und Weise, „was für ein rechtschaffener junger Mann Sie doch sind! Ich versichere Ihnen, dass ich das, was Sie mir vorwerfen, nicht tue. Das wäre barbarisch. Ich behandle diese Gäste mit absoluter Rücksicht. Sie bekommen ausreichend Nahrung und Übung. Sie erreichen damit eine glänzende körperliche Verfassung. Sie werden das morgen selbst sehen."

„Was heißt das?"

„Wir werden meine Ausbildungsstätte besuchen", lächelte der General. „Sie befindet sich im Keller. Ich habe etwa ein Dutzend Schüler dort unten. Sie stammen von der spanischen Barkasse ‚San Lucar', die das Pech hatte, draußen auf die Felsen zu laufen. Ein ziemlich minderwertiger Haufen, muss ich leider zugeben. Armselige Exemplare und vielmehr ans Deck als an den Dschungel gewöhnt." Er hob seine Hand, und Ivan, der als Kellner servierte, brachte dicken türkischen Kaffee. Rainsford hatte Mühe, seine Wut für sich zu behalten.

„Es ist ein Spiel, verstehen Sie", fuhr der General teilnahmslos fort. „Ich schlage einem von ihnen vor, jagen zu gehen. Ich gebe ihm ausreichend Nahrung und ein exzellentes Jagdmesser. Ich gewähre ihm drei Stunden Vorsprung. Dann folge ich ihm, nur mit einer Pistole des kleinsten Kalibers und der geringsten Reichweite bewaffnet. Falls meine Beute mir drei Tage lang entkommt, gewinnt sie das Spiel. Falls ich sie allerdings finde", grinste der General, „verliert sie."

„Und wenn sich derjenige weigert zu jagen?"

„Oh", meinte der General, „natürlich gestehe ich ihm die Möglichkeit zu. Er braucht nicht zu spielen, wenn er es nicht möchte. Wenn er also nicht spielen will, gebe ich ihn Ivan. Ivan hatte früher die Ehre, Folterknecht bei Zar Peter dem Großen zu sein, und er hat seine eigene Vorstellung von Unterhaltung. Ohne Ausnahme, Herr Rainsford, ohne Ausnahme wählen sie die Jagd."

„Und falls sie gewinnen?"

Das Lächeln im Gesicht des Generals wurde breiter. „Bis zum heutigen Tage habe ich nicht verloren", betonte er. Und dann fügte er eilig hinzu: „Ich möchte nicht, dass Sie mich für einen Angeber halten, Herr Rainsford. Die meisten von ihnen stellen nur eine geringe Herausforderung für mich dar. Gelegentlich treffe ich auf eine Ausnahme. Einer hat tatsächlich fast gewonnen. Letzten Endes musste ich die Hunde einsetzen."

„Die Hunde?"

„Hier entlang, bitte. Ich werde sie Ihnen zeigen."

Der General führte Rainsford zu einem Fenster. Durch die Fenster warfen die Lichter eine flackernde Beleuchtung, die groteske Muster unten im Schlosshof zeichneten, und Rainsford konnte etwa ein Dutzend große schwarze Umrisse erkennen. Als sich diese zu ihnen drehten, funkelten ihre Augen grünlich und wirkten bedrohlich.

„Ein ziemlich gutes Rudel, möchte ich meinen", bemerkte der General. „Sie werden jeden Abend um sieben hinausgelassen. Falls irgendjemand versuchen sollte, in mein Haus einzudringen – oder auszubrechen –, würde ihm etwas sehr Bedauerliches zustoßen." Er summte eine Melodie.

„Und jetzt", sagte der General, „möchte ich Ihnen meine neue Sammlung von Köpfen zeigen. Würden Sie mich in die Bibliothek begleiten?"

„Ich hoffe", erwiderte Rainsford, „dass Sie mich heute Abend entschuldigen, General Zaroff. Ich fühle mich wirklich nicht wohl."

„Ach, tatsächlich?", fragte der General besorgt. „Nun, das ist sicherlich nur allzu natürlich, nachdem Sie so lange schwimmen mussten. Sie brauchen einen guten, erholsamen Schlaf. Ich wette, dass Sie sich morgen wie ein neuer

Mensch fühlen werden. Und dann jagen wir, nicht wahr? Ich habe einen vielversprechenden Kandidaten ..." Rainsford stürmte aus dem Saal.

„Es tut mir leid, dass Sie heute Abend nicht mit mir gehen können", rief der General ihm nach. „Ich erwarte eine schöne Jagd: ein großer, starker Schwarzer. Er sieht einfallsreich aus. Nun, gute Nacht, Herr Rainsford! Ich hoffe, Sie schlafen angenehm."

Das Bett war gut und der Pyjama aus bester Seide, und die Müdigkeit in seinem Körper sehnte sich nach Ruhe. Dennoch konnte er seinen Geist mit dem Opiat des Schlafes nicht beruhigen. Er lag im Bett mit weit geöffneten Augen. Einmal glaubte er, schleichende Schritte im Flur außerhalb seines Zimmers zu hören. Er wollte die Tür aufmachen, doch sie ließ sich nicht öffnen. Er ging zum Fenster und blickte hinaus. Sein Zimmer befand sich hoch oben in einem der Türme. Die Lichter des Chateaus waren jetzt aus und es war dunkel und still. Aber ein Stück des Mondes strahlte blass und durch das fahle Licht konnte er schemenhaft den Hof erkennen. Dort bewegten sich Schatten; die Jagdhunde hatten ihn am Fenster gehört und schauten mit ihren grünen Augen zu ihm erwartungsvoll hinauf. Rainsford kehrte ins Bett zurück und legte sich hinein. Verzweifelt versuchte er zu schlafen. Als es bereits dämmerte, nickte er ein, nur um wenige Augenblicke später durch den Schuss einer Pistole, der aus dem Dschungel zu ihm drang, wieder geweckt zu werden.

General Zaroff erschien nicht vor dem Mittagessen, dann aber im tadellosen Tweed eines Gutsherren. Sorgenvoll erkundigte er sich nach Rainsfords Gesundheitszustand.

„Ich selbst", seufzte der General, „fühle mich nicht so wohl. Ich bin besorgt, Herr Rainsford. Letzte Nacht spürte ich Spuren meines alten Leidens."

Auf Rainsfords fragenden Blick eingehend fügte der General hinzu: „Ennui. Langeweile."

Dann nahm er sich etwas mehr vom Crêpes Suzette und erklärte: „Die Jagd letzte Nacht war nicht gut. Der Bursche verlor seinen Kopf. Er lief eine gerade Spur, die keine Herausforderung darstellte. Das ist das Problem mit diesen Matrosen: Erstens haben sie wenig Verstand und zweitens kommen sie einfach nicht mit einem Wald zurecht. Sie handeln überaus dumm und offensichtlich. Das ist höchst ärgerlich. Möchten Sie noch ein weiteres Glas Chablis, Herr Rainsford?"

„General", bemerkte Rainsford steif, „ich möchte unverzüglich diese Insel verlassen."

Der General hob seine dicken Augenbrauen; er schien verletzt. „Aber, mein lieber Freund", protestierte der General, „Sie sind doch gerade erst gekommen. Sie haben noch nicht gejagt..."

„Ich möchte heute noch gehen", fiel ihm Rainsford ins Wort. Er sah die schwarzen, düsteren, auf ihn fixierten Augen des Generals, die ihn studierten. Plötzlich hellte sich das Gesicht des Generals auf.

Aus einer staubigen Flasche füllte er Rainsfords Glas mit wertvollem Chablis.

„Heute Nacht", sagte der General, „werden wir jagen – Sie und ich."

Rainsford schüttelte den Kopf. „Nein, General", widersprach er. „Ich werde *nicht* jagen."

Der General zuckte mit den Schultern und aß majestätisch eine Weintraube, die aus seinem Gewächshaus stammte.

„Wie Sie meinen, mein Freund", erwiderte er. „Die Entscheidung liegt allein bei Ihnen. Aber darf ich Sie darauf hinweisen, dass Sie meine Vorstellung von Sport unterhaltsamer finden werden als die Ivans."

Er deutete mit dem Kopf zur Ecke, wo der Riese mit verschränkten Armen, die auf seiner kraftvollen Brust ruhten, stand und finster dreinblickte.

„Sie meinen doch nicht etwa …", schrie Rainsford.

„Mein lieber Freund", entgegnete der General, „habe ich Ihnen nicht gesagt, dass ich *immer* das meine, was ich sage, wenn ich über das Jagen spreche? Das ist wirklich eine Herausforderung. Ich trinke einem Feind zu, der meiner wert ist − endlich." Der General hob sein Glas, während Rainsford ihn anstarrte.

„Sie werden sehen, dass dieses Spiel es wert ist, gespielt zu werden", erklärte der General begeistert. „Ihr Verstand gegen meinen. Ihre Waidmannskunst gegen meine. Ihre Kraft und Ausdauer gegen meine. Freiluftschach! Und der Einsatz ist wertvoll, nicht wahr?"

„Und falls ich gewinne?", fragte Rainsford heiser.

„Ich werde frohgemut meine Niederlage anerkennen, falls ich Sie bis Mitternacht des dritten Tages nicht finde", antwortete General Zaroff. „Meine Schaluppe wird Sie auf dem Festland in der Nähe einer Stadt absetzen." Der General las Rainsfords Gedanken.

„Ich akzeptiere nichts von alledem", sagte Rainsford.

„Oh", sagte der General, „in diesem Fall … Aber wieso müssen wir das jetzt diskutieren? In drei Tagen können wir darüber bei einer Flasche Veuve Cliquot reden, falls nicht …" Der General nippte an seinem Wein.

Dann äußerte er sich in nüchternem Ton: „Ivan wird Ihnen Jagdkleidung, Nahrung und ein Messer bereitstellen. Ich rate Ihnen, Mokassins zu tragen; sie hinterlassen eine schwächere Spur. Auch schlage ich vor, dass Sie den großen Sumpf in der südöstlichen Ecke der Insel meiden. Wir nennen ihn ‚Todessumpf'. Es gibt dort Treibsand. Ein törichter Bursche hat es versucht. Der bedauernswerte Teil davon war, dass Lazarus ihm gefolgt ist. Sie können sich meine Gefühle vorstellen, Herr Rainsford. Ich habe Lazarus geliebt; er war der beste Jagdhund meines Rudels. Nun müssen Sie mich entschuldigen. Ich halte immer Siesta nach dem Mittagessen. Sie haben allerdings, befürchte ich, kaum Zeit für einen Mittagsschlaf. Sie wollen zweifelsohne anfangen. Ich werde Ihnen bis zum Sonnenuntergang nicht folgen. Das Jagen während der Nacht ist so viel aufregender als das am Tage, meinen Sie nicht auch? Au revoir, Herr Rainsford, au revoir." Nach einer tiefen, vornehmen Verbeugung schlenderte General Zaroff aus dem Zimmer.

Durch eine andere Tür trat Ivan herein. Unter einem Arm trug er khakifarbene Jagdkleidung, einen Beutel mit Essen und eine lederne Scheide, die ein Jagdmesser mit langer Klinge beinhaltete; seine rechte Hand ruhte auf einem Revolver, der schräg in seiner purpurfarbenen Feldbinde steckte.

Rainsford hatte sich zwei Stunden lang seinen Weg durch den Busch gekämpft. „Ich darf die Nerven nicht verlieren. Ich darf die Nerven nicht verlieren", redete er sich durch geschlossene Zähne zu.

Er vermochte nicht vollkommen klar zu denken, als sich die Tore des Chateaus hinter ihm schlossen. Sein erster Gedanke war, Distanz zwischen sich und General Zaroff zu bringen; und bis vor wenigen Augenblicken war er, von Wogen der Panik angetrieben, vorwärtsgestürzt. Jetzt jedoch hatte er sich im Griff, hatte angehalten und betrachtete sich selbst

und seine Situation. Er erkannte, dass direkte Flucht vergebens war; zwangsläufig würde sie ihn ans Meer führen. Ihm
war bewusst, dass er sich in einem Gemälde mit einem
Rahmen aus Wasser befand und dass seine Handlungen
innerhalb dieses Rahmens stattfinden mussten.

„Ich werde ihm eine Spur legen, der er folgen kann", murmelte Rainsford und er schlug sich abseits des Trampelpfades, dem er gefolgt war, hinein in die unberührte Wildnis. Er
vollzog eine Reihe von verschlungenen Kreisen und lief
immer und immer wieder auf seiner Spur, währenddessen
er sich an all sein Wissen aus der Fuchsjagd erinnerte und
an all die Ausweichmanöver und Tricks des Fuchses. Als die
Nacht hereinbrach, fand er sich auf einem dicht bewaldeten
Kamm mit müden Beinen sowie blutigen Händen und Wangen wieder, die ihm unzähliges Gezweig aufgepeitscht hatte. Ihm war klar, dass es verrückt wäre, durch die Nacht
weiterzulaufen, selbst wenn er die Kraft hätte. Er brauchte
dringend eine Rast und überlegte: „Ich habe den Fuchs
gespielt, jetzt muss ich die Rolle der Katze annehmen." Ein
hoher Baum mit einem dicken Stamm und großer Krone war
in der Nähe; um sich auszuruhen, kletterte er diesen - darauf bedacht, nicht die geringste Spur zu hinterlassen –
hinauf und streckte sich in einer weiten Astgabel aus, so gut
es nur ging. Die Erholung brachte ihm neue Zuversicht und
fast ein Gefühl von Sicherheit. Sogar ein derart eifriger Jäger
wie General Zaroff würde ihn hier nicht aufspüren können,
sagte er sich; nur der Teufel selbst konnte in der Nacht jener
komplizierten Spur durch den Dschungel folgen. Aber vielleicht war der General ein Teufel.

Eine Nacht voller Sorge kroch langsam vor sich hin wie eine
verwundete Schlange, und kein Schlaf suchte Rainsford auf,
obgleich die Stille einer toten Welt sich auf den Dschungel

gelegt hatte. Gegen Morgen, als ein trübes Grau den Himmel anstrich, richtete der Schrei eines Vogels Rainsfords Aufmerksamkeit in eben jene Richtung. Irgendetwas bewegte sich durch den Busch, langsam, vorsichtig; über denselben geschlängelten Weg, den Rainsford gegangen war. Er legte sich ganz flach auf den Ast und spähte durch eine dicke Blätterwand – ein Mensch näherte sich.

Es handelte sich um General Zaroff. Mit den Augen auf den Boden vor ihm gerichtet ging er in höchster Konzentration. Er hielt an, fast unter Rainsfords Baum, kniete nieder und untersuchte die Erde. Rainsford verspürte den Drang, sich wie ein Panther auf ihn hinunterzustürzen, aber er bemerkte, dass die rechte Hand des Generals etwas Metallisches festhielt: eine kleine automatische Pistole.

Mehrere Male schüttelte der Jäger mit dem Kopf, als ob er verwirrt wäre. Dann richtete er sich auf und nahm aus seinem Etui eine seiner schwarzen Zigaretten; ihr stechender, nach Weihrauch riechender Qualm stieg hinauf zu Rainsfords Nase.

Rainsford hielt den Atem an. Die Augen des Generals hatten den Boden verlassen und wanderten Zentimeter für Zentimeter den Baum hinauf. Rainsford erstarrte, jeden Muskel angespannt und bereit zum Sprung. Aber die scharfen Augen des Jägers stoppten, bevor sie den Ast erreicht hatten, auf dem Rainsford lag; ein Lächeln durchzog sein braunes Gesicht. Bedachtsam blies er einen Ring in die Luft; dann drehte er sich um und schritt sorglos den Weg, den er gekommen war, davon. Das Rascheln, das seine Jagdstiefel verursachten, wurde schwächer und schwächer.

Der angestaute Atem platzte heiß aus Rainsfords Lungen. Sein erster Gedanke löste Übelkeit und Benommenheit aus: Der General war in der Lage, nachts einer Spur durch den

Wald zu folgen; einer extrem schwierigen Spur. Er musste unheimliche Kräfte besitzen. Nur durch reinen Zufall hatte der Kosake seine Beute nicht gesehen.

Rainsfords zweiter Gedanke war noch schrecklicher und rief einen Schauder kalten Entsetzens in ihm hervor: Wieso hatte der General gelächelt? Warum war er umgedreht?

Das, was Rainsfords Verstand ihm sagte, wollte er nicht glauben, aber die Wahrheit war so deutlich wie die Sonne, die jetzt durch den Morgennebel gedrungen war. Der General spielte mit ihm! Der General hob ihn sich für einen weiteren Tag Sport auf! Der Kosake war die Katze – er selbst war die Maus. In diesem Moment erkannte Rainsford die Bedeutung des Wortes ‚Entsetzen‘.

„Ich werde die Nerven nicht verlieren. Das werde ich nicht."

Er glitt den Baum hinab und schlug sich erneut in den Wald. Sein Gesicht spiegelte absolute Entschlossenheit wider und er zwang seinen Verstand zu funktionieren. 300 Meter entfernt von seinem Versteck hielt er inne. Dort lehnte ein gewaltiger toter Baum gefährlich gegen einen kleineren, lebendigen. Rainsford warf seinen Essensbeutel zur Seite, zog sein Messer aus der Scheide und fing mit all seiner Energie an zu arbeiten.

Endlich war es geschafft und er legte sich 50 Meter entfernt hinter einen gefallenen Baumstamm. Lang musste er nicht warten. Die Katze kehrte zurück, um mit der Maus zu spielen.

Mit der Gewissheit eines Bluthundes folgte General Zaroff der Spur. Nichts entging jenen suchenden schwarzen Augen: kein zerdrückter Grashalm, kein geknickter Zweig, kein Abdruck im Moos, ganz gleich wie schwach. So konzentriert auf seine Pirsch war der Kosake, dass er die Falle, die Rainsford präpariert hatte, erst bemerkte, als er sie bereits sah.

Sein Fuß berührte den hervorstehenden Zweig, der der Auslöser war. Als der General damit in Kontakt kam, spürte er die Gefahr und sprang mit der Flinkheit eines Affen nach hinten. Aber er war nicht schnell genug. Der tote Baum, der mit viel Gefühl auf den lebendigen gelegt worden war, krachte herab und schlug im Fall hart gegen die Schulter. Ohne seine flinke Reaktion wäre der General zerschmettert worden. Er taumelte, doch weder fiel er noch ließ er seinen Revolver fallen. Er blieb aufrecht stehen, rieb sich seine verletzte Schulter, und Rainsford hörte voller Angst, die sein Herz umklammerte, das höhnische Lachen des Generals, das durch den Dschungel drang.

„Rainsford", rief der General, „wenn Sie mich hören, und ich nehme an, dass Sie das tun, lassen Sie mich Ihnen gratulieren. Nicht viele Menschen wissen, wie man eine Malaiische Menschenfalle baut. Glücklicherweise habe auch ich in Malakka gejagt. Sie erweisen sich als interessant, Herr Rainsford. Ich werde eben meine Wunde verarzten lassen; es ist nur eine kleine. Doch werde ich zurückkehren. Ich werde wiederkommen."

Als der General gegangen war, um seine Schulter zu versorgen, setzte Rainsford seine Flucht fort. Es handelte sich nun um Flucht; eine verzweifelte, hoffnungslose Flucht, auf der er sich einige Stunden lang befand, als die Dämmerung einsetzte und schließlich die Dunkelheit – dennoch lief er weiter. Der Boden unter seinen Mokassins wurde weicher, die Vegetation üppiger; Insekten stachen ihn rigoros.

Dann, als er vorwärtsschritt, versank sein Fuß im Schlamm. Er versuchte, ihn zurückzuziehen, aber das Moor sog gierig an seinem Fuß, als ob es ein riesiger Egel wäre. Mit enormem Kraftaufwand zerrte er seinen Fuß los. Er wusste, wo er sich derzeit befand: am ‚Todessumpf' und seinem Treibsand.

Seine Hände waren fest geschlossen, als wären seine Nerven etwas Fassbares, das jemand in der Dunkelheit versuchte, aus seinem Griff zu ziehen. Die Nachgiebigkeit der Erde hatte ihm einen Einfall gebracht. Er schritt einige Meter zurück vom Treibsand und wie ein großer prähistorischer Maulwurf fing er an zu buddeln.

Rainsford hatte sich selbst in Frankreich eingegraben, als eine Sekunde des Zögerns den Tod bedeutete. Das war eine angenehme Vergangenheit gewesen im Vergleich zum jetzigen Graben. Die Grube wurde tiefer; als sie mehr als schultertief war, kletterte er hinaus und schnitt von einem jungen Baum Äste ab, die er zu Pfählen anspitzte. Diese steckte er so in den Boden der Grube, dass die Spitzen nach oben zeigten. In Windeseile webte er einen groben Teppich aus Gräsern und Zweigen, mit dem er die Grube abdeckte. Nass vom Schweiß und hundemüde begab er sich hinter einen vom Blitz verkohlten Baumstumpf in Stellung.

Er wusste, dass sich sein Verfolger näherte; er hörte das dumpfe Geräusch von Füßen auf weicher Erde und die Nachtbrise wehte das Parfüm von den Zigaretten des Generals zu ihm herüber. Es schien Rainsford, als ob der General mit ungewöhnlicher Schnelligkeit kam; er tastete sich nicht Meter um Meter vorwärts. Der kauernde Rainsford konnte weder den General noch die Grube sehen und verbrachte eine Minute, die sich wie ein Jahr anfühlte. Dann empfand er den Drang, vor Freude laut aufzuschreien, weil er das deutliche Bersten der brechenden Zweige hörte, als die Abdeckung der Grube nachgab; er hörte den schrillen Schmerzensschrei, als die Pfähle ihr Ziel fanden. Er sprang aus seinem Versteck hervor. Dann duckte er sich wieder.

Einen Meter von der Grube entfernt stand ein Mann mit einer Taschenlampe in der Hand.

„Gut gemacht, Rainsford", rief die Stimme des Generals. „Ihre Burmesische Tigerfalle hat einen meiner besten Hunde erwischt. Erneut ein Punkt für Sie. Ich glaube, Herr Rainsford, ich werde mir ansehen, was Sie gegen mein gesamtes Rudel erreichen können. Ich begebe mich nun nach Hause, um mich auszuruhen. Vielen Dank für den höchst unterhaltsamen Abend."

Bei Tagesanbruch wurde Rainsford, der in der Nähe des Sumpfes lag, durch ein Geräusch geweckt, das ihm zeigte, dass er Neues über die Furcht zu lernen hatte. Es war ein entferntes, schwaches und verschwommenes Geräusch, das er aber kannte: das Bellen eines Rudels von Jagdhunden.

Rainsford war bewusst, dass er zwei Optionen hatte: Er konnte dort, wo er war, bleiben und warten. Das hieße Selbstmord. Er konnte fliehen. Das würde das Unausweichliche hinauszögern. Einen Moment lang stand er nachdenklich da. Ihm kam eine Idee, die eine kleine Chance bedeutete, und er zog seinen Gürtel enger und lief fort vom Sumpf.

Das Bellen der Jagdhunde rückte näher, noch näher und noch einmal näher. Auf einem Bergrücken bestieg Rainsford einen Baum. Keinen halben Kilometer von ihm entfernt, einen Wasserlauf hinunter, konnte er sehen, wie sich das Unterholz bewegte. Er strengte seine Augen an und sah die hagere Gestalt von General Zaroff; diesem ein wenig voraus erkannte er noch jemand anderen, dessen breite Schultern durch die hohen Dschungelgräser preschten: Es war der Riese Ivan. Und dieser schien von einer unsichtbaren Kraft vorwärtsgezogen zu werden; Rainsford war klar, dass Ivan derjenige war, der das Rudel an der Leine halten musste.

Sie würden ihn bald erreichen. Verzweifelt arbeitete sein Verstand. Er erinnerte sich wieder an eine List, die er von Eingeborenen in Uganda gelernt hatte. Er rutschte den Baum hinab und ergriff einen elastischen jungen Trieb, an dem er sein Jagdmesser derart befestigte, dass die Spitze zum Pfad zeigte. Mit einem Stück Ranke band er den Trieb zurück. Dann rannte er um sein Leben. Die Jagdhunde schlugen laut an, als sie den Geruch der neuen Spur wahrnahmen. Rainsford wusste nun, wie sich ein Tier fühlte, das gejagt wurde.

Er musste anhalten, um Luft zu holen. Das Bellen der Jagdhunde stoppte plötzlich und Rainsfords Herz ebenfalls. Ohne Zweifel waren sie beim Messer angekommen.

Aufgeregt kletterte er einen Baum hinauf und blickte zurück. Seine Verfolger hatten angehalten. Aber Rainfords Hoffnung, die er gehabt hatte, als er auf den Baum geklettert war, verschwand, da er im flachen Tal erkannte, dass General Zaroff sich immer noch auf den Beinen befand, Ivan jedoch nicht. Das Messer hatte durch den Rückstoß des federnden Triebes nicht völlig versagt.

Rainsford war kaum zurück auf der Erde, als er hörte, dass das Rudel die Verfolgung wieder aufgenommen hatte.

„Nerven, Nerven, Nerven!", keuchte er, als er davonstürzte. Vor ihm zeigte sich eine blaue Lücke in den Bäumen. Immer näher kamen die Jagdhunde. Rainsford rannte auf die Lücke zu. Er erreichte sie. Es war die Küste. Über eine kleine Bucht hinweg vermochte er die finsteren grauen Steine des Chateaus zu erkennen. Acht Meter unter ihm grollte und zischte die See. Rainsford zögerte. Er hörte die Jagdhunde. Dann sprang er hinab ins Meer…

Als der General und sein Rudel zu der Stelle am Meer gelangten, hielt der Kosake an. Einige Minuten lang betrachtete er die blau-grüne Weite des Wassers. Er zuckte mit den Schultern. Daraufhin setzte er sich hin, nahm einen Schluck Brandy aus einer silbernen Flasche, zündete sich eine Zigarette an und summte eine Melodie aus „Madame Butterfly".

An diesem Abend hatte General Zaroff ein außergewöhnlich gutes Abendessen in seinem großen Speisesaal. Dabei trank er eine ganze Flasche Pol Roger und eine halbe Flasche Chambertin. Zwei kleine Ärgernisse störten den ansonsten perfekten Genuss: Zum einen würde es schwierig sein, Ivan zu ersetzen; zum anderen war ihm seine Beute entwischt. Natürlich hatte der Amerikaner das Spiel nicht gespielt – dies glaubte der General, als er seinen Likör zum Nachtisch probierte. Um sich zu beruhigen, las er in seiner Bibliothek aus den Werken von Marc Aurel. Um zehn stieg er hinauf zu seinem Schlafzimmer. Er sei herrlich müde, sagte er sich, als er sich einschloss. Ihn erwartete ein schwaches Mondlicht, sodass er, bevor er das Licht anschaltete, zum Fenster schritt und in den Hof hinabschaute. Dort konnte er die großartigen Jagdhunde sehen und er rief ihnen zu: „Mehr Glück beim nächsten Mal." Dann knipste er das Licht an.

Am Bett stand ein Mann, der sich in den Vorhängen versteckt hatte.

„Rainsford!", schrie der General. „Wie um Himmels willen sind Sie hierhergekommen?"

„Geschwommen", antwortete Rainsford. „Ich fand das schneller, als durch den Dschungel zu laufen."

Der General atmete schwer und lächelte. „Ich gratuliere Ihnen", sprach er. „Sie haben das Spiel gewonnen."

Rainsford lächelte nicht. „Ich bin noch immer das gejagte Tier", sagte er mit leiser, heiserer Stimme. „Machen Sie sich bereit, General Zaroff."

Der General verbeugte sich tief. „Ich verstehe", sagte er. „Brillant! Einer von uns wird den Jagdhunden eine Mahlzeit liefern. Der andere wird in diesem vortrefflichen Bett schlafen. En garde, Rainsford."

Er hatte nie zuvor in einem besseren Bett geschlafen, entschied Rainsford.

## Der Anzug

„Die Erde hat genug für die Bedürfnisse eines jeden Menschen, aber nicht für seine Gier." (Mahatma Gandhi)

Seine Mutter hatte nur drei Jahre die Dorfschule besuchen können, denn dann brauchte sie der Vater vollends auf dem Hof. Vieles über die Welt der Wissenschaft war ihr also verborgen geblieben. Einfache Briefe aber vermochte sie zu formulieren, sodass sie die wenige Korrespondenz ihrer Eltern damit bewältigte. Die Grundrechenarten beherrschte sie ebenfalls, und sie wusste, wann es Zeit zur Aussaat, zum Düngen und zur Ernte war. Auch erkannte sie einen Tag im Voraus den Zeitpunkt des Kalbens. Und falls der Tierarzt zur Hilfe geholt werden musste, weil es Komplikationen gab, hatte sie ihn bereits verständigt. Das Wichtigste jedoch, das sie das Leben lehrte, war die Erkenntnis, dass Kleider Leute machten. Eigentlich war es ihr Vater gewesen, der ihr diese Weisheit vermittelt hatte. Stets, wenn sie ihn zum Markt begleiten durfte, um das Wenige, das der Hof abwarf, mit möglichst großem Gewinn zu verkaufen, wies er sie an, sich die Haare zu kämmen, ihr Gesicht zu waschen und vor allem sich ihr bestes Kleid anzuziehen. „Der Mensch kauft lieber von dem, der hübsch anzusehen ist", pflegte er ihr zu erklären und fügte abschließend hinzu: „Kleider machen Leute! Um das zu wissen, brauchst du keine Schule." Dann trat er mit ihr vor die Tür in seinem einzigen Anzug. Den hatte er nur zur Kirche an, die er, so wie es seine Zeit erlaubte, meistens an zwei Sonntagen im Monat besuchte. Bevor sie sich auf den langen Fußweg in die Stadt machten, musterte er sie ausgiebig und lächelte ihr schließlich zu. Ja, heute würden sie einen ganzen Sack voller Geld der Mutter heimbringen. Hierauf warf er sich seinen Beutel über die rechte

Schulter und nahm ihre kleine Hand in seine linke. Zurück trug er sie meistens, weil sie zu erschöpft war.

Ihr ganzer Stolz war Ottmar. Nachdem der elterliche Hof verloren gegangen war und ihr Mann sie und den Kleinen daraufhin von einem auf den anderen Tag, ohne ein Wort zu sagen, verlassen hatte, bildete ihr Sohn nun den absoluten Mittelpunkt ihres schlichten Lebens. Nicht viel konnten sie sich vom Verdienst der Mutter leisten, aber sie kamen über die Runden. Unter dem Wenigen, das sie aus dem bescheidenen Vermächtnis ihrer Eltern hatte retten können, befand sich das alte Klavier der Großmutter. Obgleich es ziemlich verstimmt war und sie nur noch einige einfache Stücke spielen konnte, war das mütterliche Spiel Anreiz genug für Ottmar, ihr nachzueifern. Mit ekstatischer Begeisterung klimperte der Junge auf den Tasten und beherrschte nach kurzer Zeit alle Lieder, die er bei ihr gehört hatte. Ottmar schien Talent zu besitzen, so urteilte seine laienhafte Mutter richtig und stellte ihn dem Organisten der Dorfkirche vor, der die Annahme bestätigte und zu Klavierstunden in der Stadt riet. Vom Ersparten wurden die ersten zehn Stunden bezahlt und Ottmars Mutter hoffte, dass jene bei derartiger Begabung ausreichen würden. Doch Ottmar erwies sich als geistig träge. Verzweifelt und vergeblich hatte seine geduldige Lehrerin versucht, ihn in die geheimnisvolle Welt der Musiktheorie, angefangen beim einfachen Notenlesen, einzuführen. Zwar bescheinigte auch sie Ottmar Talent, trotzdem würde er seine Anlage ihres Erachtens ohne ein fundiertes Wissen von der Komplexität der Musik nie völlig und professionell ausnutzen können. Aber schließlich ging es der Mutter gleichwohl darum - und auch das hatte die Klavierlehrerin schnell erkannt - aus Ottmars Gabe Gewinn zu ziehen. Also verzichtete die kleine Familie ab sofort auf jegliche Art von Maßlosigkeit, um den Unterricht zu finanzieren.

Obgleich Ottmar Begriffe wie Andante und Allegro weiterhin nicht voneinander unterscheiden konnte, für ihn eine Viertel- noch immer wie eine Achtelnote aussah, machte sein Spiel rasante Fortschritte. Trotz seiner Defizite im theoretischen Bereich beherrschte er schon bald schwierigere Stücke und seine Lehrerin zeigte sich höchst zufrieden. Im Geheimen war sie verzaubert von ihrem Schüler. Noch nie zuvor hatte sie einen Jungen mit einer solchen Gabe unterrichten dürfen. Jedes Lied, das sie ihm zeigte, beherrschte er nach kürzester Zeit, manchmal sogar besser als sie selbst. „Er sollte unbedingt bei unserem jährlichen Weihnachtskonzert spielen", sagte sie zu Ottmars Mutter. Dem skeptischen Blick fügte sie rasch und überzeugend hinzu, dass Ottmar zweifelsohne bereits so weit wäre. Nur allzu gern willigte seine Mutter daraufhin ein.

Am Abend vor dem Konzert rief Ottmars Mutter ihren Sohn vom Klavier, das in der kleinen Wohnstube stand und an dem er fleißig übte, zu sich ins Schlafzimmer. Sie befahl ihm, die Augen zu schließen, weil sie eine Überraschung für ihn hätte. „Ich möchte, dass du den hier morgen bei deinem Konzert trägst." Sie hielt ihm einen dunkelblauen Anzug hin, der zusammen mit einem weißen Hemd und der dazugehörenden schwarzen Fliege auf einem Bügel hing. Ottmars Begeisterung hielt sich deutlich in Grenzen, wenngleich ihm bewusst war, dass seine Mutter für all das wohl den letzten Rest des Ersparten ausgegeben hatte. „Ottmar, der Mensch hört nicht nur, er schaut auch und er sieht sich lieber etwas Hübsches an. Kleider machen Leute, merk dir das! Du wirst morgen nicht nur durch dein Spielen Eindruck schinden."

Seine Mutter sollte recht behalten. Und obwohl Ottmar nur einer unter vielen Schülern bei jenem Weihnachtskonzert war, verzauberte seine Interpretation von „Es ist ein Ros entsprungen" das Publikum derart, dass sein Gewinn neben vielen Tränen und stehenden Ovationen ebenfalls die Geschäftskarte des Herrn Stolle, eines Klavierlehrers aus der Hauptstadt, war. Der hatte Ottmars Begabung nach den ersten Takten erkannt und bot dessen Mutter an, ihren Sohn kostenlos zu unterrichten. Aufgrund der großen Entfernung sollte Ottmar während der Woche im dortigen Musikinternat wohnen; auch dafür wollte Herr Stolle aufkommen.

Am Tag von Ottmars Abreise legte ihm seine Mutter den gewaschenen und frisch gebügelten Anzug aufs Bett. „Ich möchte, dass du heute deinen Anzug trägst. Du weißt ja, dass Kleider Leute machen. Es ist der erste Eindruck, der zählt." Und so hatte Ottmar seinen Anzug an, als er wenig später im Abteil saß. Der Fahrschein, den Herr Stolle ihnen per Express zugeschickt hatte, steckte in der Innentasche seines Jacketts. Es war das erste Mal, dass er Zug fuhr und für mehr als einen Tag von seiner Mutter getrennt sein würde. Deshalb betrachtete er traurig die Landschaft, die an ihm vorbeizog, und merkte, wie mit jedem Meter, den er sich von zu Hause entfernte, sein Heimweh wuchs. Es fiel ihm nicht schwer zu verstehen, wieso er nicht länger bei seiner alten Klavierlehrerin Unterricht nehmen konnte. Aber betrübt war er dennoch. Nur seiner Mutter zuliebe hatte er leise zugestimmt; und nur für sie trug er diesen Anzug, der an den Schultern zu eng und dessen Hose zu kurz war. Er wollte sorgfältig darauf achten, seinen Anzug nicht schmutzig werden zu lassen und ihn ihr so sauber, wie er jetzt war, bei seiner Rückkehr in knapp einer Woche vorzuführen.

Auf seine neuen Zimmergenossen machte der Anzug nicht den gewünschten Eindruck. Nachdem Herr Stolle, der Ottmar vorgestellt hatte, aus dem Raum gegangen war, den Ottmar sich mit drei anderen Jungen seines Alters teilen sollte, fingen die lauthals an zu lachen. „Wer hat dir denn den ausgesucht? Ist das der letzte Schrei auf dem Land?", prusteten sie los. Als Ottmar heulend auf den Flur hinauslief, schrien sie ihm hinterher, er wäre ein Kleinkind und Waschlappen. Das laute, drohende Schimpfen von Herrn Stolle ließ sie schließlich schweigen, doch änderte dies nichts an Ottmars Status: Er galt nunmehr als Landei, mimosenhaft und nicht gesellschaftsfähig. Sein naives Auftreten und die Begriffsstutzigkeit im Unterricht verstärkten lediglich die Ansicht seiner Klassenkameraden. Selbst als sie Ottmar das erste Mal spielen hörten, behielten sie ihre Meinung bei. Sie fanden seine Interpretationen plump, geistlos und unmodern. Hörbar tuschelten sie hinter seinem Rücken und machten sich über ihn lustig, wo immer sie es ohne die Gefahr von Strafe konnten.

Dicke Tränen vergoss Ottmar, als er seine Mutter am Ende der Woche wieder in den Arm nehmen durfte. Aber noch stärker weinte er an jedem Sonntagnachmittag der folgenden Jahre, wenn er zurück in die Hauptstadt fahren musste. Und jedes Mal trug er einen Anzug. Nie hätte Ottmar es gewagt, sich dem Wunsch seiner Mutter zu widersetzen. Und so blieb er das Gespött seiner Mitschüler. Besonders da seine Mutter ihm stets neue Anzüge schenkte, sobald er aus einem herausgewachsen war. Und stets sahen die Anzüge gleich aus, waren lediglich eine etwas größere Kopie ihres Vorgängers.

Mit Genugtuung fühlte sich indessen Herr Stolle bestätigt. Er hatte sich nicht in Ottmar geirrt, der rasch Fortschritte machte. Im Bereich der Theorie war dieser noch immer schwach, würde es wahrscheinlich sein ganzes Leben lang bleiben, aber der Junge besaß offensichtlich das perfekte Gehör. Eine Gabe, so selten und von unschätzbarem Wert, dass alles andere unwichtig wurde, so meinten ebenfalls seine Lehrer. Dass die anderen Ottmar hänselten, verspotteten, über ihn lachten und Witze machten, ihn demütigten, beschimpften, beleidigten, seinen Nachtisch aßen, er völlig allein ohne Freunde unter lauter Feinden und deswegen todunglücklich war – all dies entging auch seinen Mentoren nicht, gehörte aber ihrer Ansicht nach zum Dasein eines Genies, das vom normalen Menschen nicht verstanden, deshalb gefürchtet und gepeinigt wurde. „Ottmar, was dich nicht umbringt, macht dich nur stärker", versprach Herr Stolle, als der Junge abermals weinend und seinen Kummer klagend zu seinem Erzieher gerannt war. „Sie haben Angst vor dir, weil du anders bist. Und da sie ihre Angst verbergen wollen, versuchen sie dich zu schikanieren. Die Zeit wird kommen, Ottmar, dass *du* sie auslachen wirst, weil sie in der Gosse versunken sind, aber du zum Stern geworden bist. Vertrau mir!" Was hätte Ottmar auch sonst tun können?

Inzwischen hatten Herr Stolle und seine Mutter einen schriftlichen Vertrag aufgesetzt, in dem Ersterer sich verpflichtete, für die komplette Ausbildung Ottmars finanziell aufzukommen. Letztere müsste im Gegenzug das gesamte Geld zurückzahlen, sollte Ottmar die Schule abbrechen. Die Mutter erinnerte Ottmar jedes Wochenende daran. Ferner wies sie ihn darauf hin, dass dies ihr beider Ruin bedeutete, er dann ins Heim gehen müsste und sie im Zuchthaus oder im Bordell enden würde.

Bald zeigte sich, dass Herr Stolles Vorhersage stimmte. Das Opernhaus der Hauptstadt hatte zum jährlichen Konzert aller Nachwuchspianisten des Landes aufgerufen. Der Gewinner wurde von einem internationalen Kuratorium gewählt und erhielt als Preis ein Stipendium für das spätere Studium an einer renommierten Hochschule für Musik. Von seiner Schule wurden nur Ottmar und ein Klassenkamerad eingeladen. Den zwei Jungen war bewusst, wie viel vom Ergebnis des Wettbewerbs abhing. Auch sein unmittelbarer Rivale stammte aus bescheidenen Verhältnissen und war gleichermaßen abhängig von der Gunst und Hilfe Stolles. Eine Woche vor der Veranstaltung rief dieser die Jungen zu sich. „Es ist mir völlig einerlei, wer von euch beiden gewinnt. Wichtig ist allein, dass ihr den Sieg erlangt. Für den Ruf dieser Schule ist der Triumph von immenser Bedeutung und er entscheidet zudem darüber, ob Knaben wie ihr auch zukünftig von mir unterstützt werden können. Ich hoffe, ihr seid euch darüber im Klaren, was das heißt!" Ottmar wusste nicht wirklich, was Herr Stolle meinte, aber im Innern ahnte er die Botschaft der Worte und kannte die Wichtigkeit des ersten Platzes für seine Zukunft und die der Mutter. Er übte wie ein Besessener. Nachts, wenn er vor Aufregung nicht schlafen konnte, schlich er sich an einen der Flügel in den Übungssälen und spielte immer und immer wieder das Stück, das Herr Stolle für ihn ausgesucht hatte. Er probte die verschiedensten Interpretationen und fand doch keine, die er als gut genug akzeptierte, um gewinnen zu können.

Einen Tag vor dem Konzert übermannte ihn die Panik und er hatte einen Nervenzusammenbruch. Der herbeigerufene Arzt verordnete absolute Ruhe und eine erzwungene Bettlägerigkeit. Also sah Herr Stolle nur eine Möglichkeit, das bevorstehende Desaster abzuwenden.

Seine Mutter, die Herr Stolle eigens zum Konzert eingeladen hatte, brachte einen frischen Anzug mit. Allein ihre Anwesenheit sorgte in Ottmars junger Brust rasch für den erhofften Seelenfrieden, sodass der verloren gegangene Glauben an die eigenen Fähigkeiten bald zurückkehrte.

Ottmar spielte und gewann das Stipendium. Nach der Siegerehrung gingen die drei in ein nobles Restaurant und feierten Ottmars Gewinn. „Ottmar", sagte seine Mutter nach dem Essen, als Herr Stolle sich kurz entschuldigt hatte, „ich bin richtig stolz auf dich! Dein Lied war wirklich wundervoll. Und wie gut du ausgeschaut hast in deinem neuen Anzug. Er ist bestimmt entscheidend gewesen. Deine Gegner waren nämlich auch sehr gut, aber keiner trug einen so vornehmen Anzug wie du. Und du weißt ja: Kleider machen Leute." Das wusste Ottmar tatsächlich. Wie sehr hatte er schließlich die letzten Monate darunter leiden müssen. Doch dies wollte er zukünftig ändern. Den Anzug würde er nicht mehr tragen – seine Mutter musste ja nichts davon erfahren, weil sie am folgenden Morgen wieder abreiste.

Aber da irrte Ottmar. Zu seiner Überraschung blieb seine Mutter auf Bitte und durch die Großzügigkeit von Herrn Stolle die gesamte nächste Woche in der Hauptstadt. Ottmar bekam zwei Tage frei. Er zeigte ihr das Internat und trug dabei seinen neuen Anzug. Schrieb er es zunächst der Anwesenheit seiner Mutter zu, so bemerkte er auch, als sie abgereist war, dass seine Schulkameraden ihn mit einem bis dahin unbekannten Respekt behandelten.

Kein einziger Schüler des Internats hatte seit über einem Jahrzehnt das Stipendium mehr gewonnen. Von nun an mussten sie Ottmars Genialität anerkennen und taten dies mit einer stillen Hochachtung. Jegliche Form der Schikane und des Spotts war mit einem Mal verschwunden. Zwar blieb Ottmar auch weiterhin der Außenseiter, der er seit seiner Ankunft im Internat gewesen war, doch schmerzte dieser Zustand fortan nicht mehr. Der neue Umgang der Klassenkameraden mit ihm wirkte gleichfalls so ermutigend auf sein Spiel, dass er binnen weniger Monate zu einem gefeierten Jungpianisten des Reiches avancierte. Etwa ein halbes Dutzend Konzerte gab er am Ende des Jahres, immer arrangiert von Herrn Stolle und im Anzug vorgetragen.

Mit der Zeit wurde sein Spiel dermaßen gefragt, dass Herr Stolle eine Tournee durch das gesamte Land plante. Neben Herrn Stolle sollte auch Ottmars Mutter ihn die erste Woche begleiten. Sein erstes Gastspiel hielt er in der ausverkauften Oper der Hauptstadt; dort, wo sein aufkeimender Ruhm seinen Ursprung hatte. Die Kritiken waren überwältigend. Und als Ottmar nach fast vier Monaten das letzte Konzert gegeben und all seine Auftritte erfolgreich beendet hatte, besaß das Reich ein neues Wunderkind.

Seine Mutter war außerordentlich stolz auf Ottmar und umarmte ihn kräftig, als sie ihn das nächste Mal besuchte. Am Tag vor ihrer Heimreise nahm sie den Sohn an die Hand und ging mit ihm zu einem renommierten Schneider, wo sie vom Honorar, das Herr Stolle ihr gegeben hatte, für ihren Jungen einen eleganten Anzug handfertigen ließ. „Ich möchte, dass du deinen edlen Anzug bei jedem deiner zukünftigen Konzerte trägst. Kleider machen Leute und wenn du weiterhin Erfolg haben möchtest, musst du darauf achten, dass die Menschen dich nicht nur hören, sondern auch sehen wollen." Dann stieg sie ein und winkte ihm aus ihrem Abteil zu, bis Ottmar nicht mehr schnell genug laufen konnte. Laut prustend blieb er letztlich mit Tränen in den Augen am Ende des Bahnsteigs stehen und blickte unglücklich dem Zug hinterher, der sich eilig entfernte.

Ottmar perfektionierte sein Spiel in kürzester Zeit und wurde zum Virtuosen. Nach der ersten beeindruckenden Tournee durchs Reich folgte eine zweite, längere, noch erfolgreichere. Hierauf reisten Ottmar und Herr Stolle durch mehrere europäische Staaten. Überall, wo er auftrat, lag ihm sein Publikum zu Füßen, war hingerissen und überwältigt. Schon bald eröffnete ihm sein Mentor, dass er für ihn ein Engagement in New York angenommen hatte. Nach vier Konzerten in der berühmten „Met" interessierten sich rasch zwei weitere Häuser an der Ostküste für Ottmar. Auch die Amerikaner konnten sich seinem jugendlichen Charme nicht entziehen. Zudem hatte er stets die Worte seiner Mutter im Gedächtnis. Also spielte er sich in dem Anzug, den sie ihm hatte anfertigen lassen, in die Herzen der westlichen Welt.

Ottmar verbrachte seinen 14. Geburtstag allein im Bostoner Ritz Carlton. Während Herr Stolle an der Hotelbar den neuesten Triumph feierte, weinte Ottmar sich in den Schlaf und dachte an seine Mutter, mit der er am Morgen kurz telefoniert hatte. „Und trag immer schön deinen neuen Anzug", sagte sie zum Schluss. „Weißt du, Ottmar, selbst in Amerika machen Kleider Leute."

Wie durch eine Wolke drangen die Worte des eilig herbeigerufenen Arztes zu ihm und blieben schemenhaft. So verstand Ottmar auch nicht im Geringsten die wirkliche Bedeutsamkeit für sein zukünftiges Leben. „He needs sleep and has to rest! This boy is only 14 and still growing. All these concerts are too much of a strain on him. I think you must give'm a break, Mr Stolle." – „After the next concert maybe. I need this boy to be recovered by tonight! No matter what you have to do, do it now and do it fast!" Der Tausend-Dollar-Schein, den der Arzt gespielt widerwillig annahm, führte dazu, dass Ottmar am Morgen nach seinem Geburtstag zum ersten Mal ein starkes Aufputschmittel bekam. Abends spielte er wie in Trance sein Publikum in

Ekstase. Der Erfolg in Boston war so fabelhaft, dass Herr Stolle noch vor der Abreise nach Philadelphia, wo eigentlich Ottmars letzter Auftritt vor der Heimreise hatte stattfinden sollen, eine Tournee innerhalb der folgenden zwei Monate durch über 20 weitere amerikanische Städte vereinbaren konnte.

Seinen dritten Zusammenbruch erlitt er in Chicago. Zunächst weigerte sich der konsultierte Arzt, Ottmar das probate Mittel zu verabreichen. Neben den plausiblen Argumenten, die Herr Stolle anführte, überzeugte den Mediziner schließlich vor allem die hohe Summe an Bargeld davon, dass das Präparat für einen Jugendlichen nicht so gefährlich wäre, wie er es zunächst behauptet hatte. Ferner überließ er Herrn Stolle freundlicherweise für den Fall erneuter Schwierigkeiten mehrere Dosen der wirkungsvollen Substanz. Dieses Geschäft erwies sich als äußerst hilfreich, denn dadurch musste Herr Stolle in den nächsten Wochen keinen zusätzlichen Teil von Ottmars Gage für das nötige Heilmittel opfern. Auch konnte er so eigenhändig die Dosis erhöhen, um Ottmars einsetzenden Wahnvorstellungen und die immer drastischer werdende Schlaflosigkeit des Jungen einzudämmen. Der Ausfall eines der vereinbarten Konzerte musste unbedingt vermieden werden. Aber Gott sei Dank war Ottmars Spiel nach wie vor vollendet und meisterhaft. Schon redete man über eine Verlängerung der Tournee. Dann würde er aber zweifelsohne mehr Medizin benötigen, denn ein Großteil davon war bereits aufgebraucht. Das Gute an Amerika war gleichwohl, dass man leichter und günstiger als in Deutschland mit Geld alles kaufen konnte.

Sogar die New York Times widmete sich Ottmars Tod mit einem kurzen Bericht auf Seite 3: „Young German Pianist Dies of Heart Attack". Nach ersten, schnell zusammengetra-

114

genen Erkenntnissen litt Ottmar seit seiner Geburt an einem Herzleiden, von dem aber niemand gewusst hatte. Er war nach seinem letzten Konzert hinter der Bühne kollabiert und konnte trotz sofortiger Maßnahmen nicht wiederbelebt werden. Dem herbeigeeilten Arzt blieb nur noch, den Verlust zu bestätigen. Mittlerweile befanden sich sein Freund und Begleiter, Herr Stolle, und Ottmars Leichnam auf dem Rückweg nach Deutschland, wo der Junge beigesetzt werden sollte.

„Das Reich trauert zutiefst um den Verlust eines seiner größten Talente der klassischen Klaviermusik", schrieb eine Zeitung der Hauptstadt am Tag seiner Beerdigung. Einige Hundert Menschen erwiesen Ottmar die letzte Ehre. Sie zogen langsam und schweigend am offenen Sarg entlang, während sie traurig auf ihr Wunderkind blickten. Das lag dort nun still und friedlich im eigens für diesen Anlass angefertigten Anzug.

## Der göttliche Fehler

„Wenn ihr eure Hände ausbreitet, verhülle ich meine Augen vor euch. Wenn ihr auch noch so viel betet, ich höre es nicht. Eure Hände sind voller Blut. Wascht euch, reinigt euch! Lasst ab von eurem üblen Treiben! Hört auf, vor meinen Augen Böses zu tun." (Jesaja, Bibel)

Als es begann, so erzählte mir mein Vater, sei es anfangs kaum aufgefallen. „Die Menschen dachten, sie hätten einen Moment zu lang geblinzelt, weil es sich zunächst nur um Bruchteile eines Augenblickes handelte. Kaum einer sprach es an. Und wenn, dann wunderten sich beide, Ähnliches erlebt zu haben - erklären konnten sie es einander nicht. Wirklich klar wurde es den Ersten, als ..." Mein Vater verstummte und überlegte. „Der Übergang war fließend", konstatierte er letztendlich. Irgendwann seien die dunklen Phasen da gewesen - überall. Das heiße, so meinte er, „nicht nur, dass es mehrfach pro Tag für Sekunden dunkel wurde, nein, die Menschen redeten kaum noch über etwas anderes und auch die Medien berichteten permanent und auf jedem Kanal von diesen sonderbaren Ereignissen. Die Kirche prophezeite schon früh die Apokalypse", schmunzelte mein Vater, „und als kein einziger Wissenschaftler plausible Gründe fand und auch die mächtigsten Regierungen rat- und machtlos waren, entstand das erste Unbehagen. Aber noch waren die Aussetzer wenig irritierend", sagte er.

„Dann jedoch blieb die Sonne einfach für mehrere Minuten aus", fügte mein Vater hinzu und blickte hinab ins Schwarze. In diesem Stadium sei alle Angst noch unbegründet gewesen und die Menschen hätten sich sogar daran gewöhnen können. „Als jedoch die Pflanzen beeinträchtigt wurden, weil sich Minuten zu Stunden ausdehnten und die Erde auskühlte, Hungersnöte drohten und dann Tatsachen wurden, als Plankton und Krill ausblieben und die Fische ver-

116

schwanden, versagten auch die letzten Optimisten", erzählte er. Eine wissenschaftliche Theorie verwies auf ein bis dahin unbekanntes Treibhausgas, das die Eigenschaft besitze, Sonnenstrahlen zurück ins All zu reflektieren. Sie aber fand keine Bestätigung und nach erfolgloser Suche nach anderen Ursachen breiteten sich rasch überall völlige Verzweiflung und Mutlosigkeit aus.

„Innerhalb weniger Monate beschränkte sich der Tag nur noch auf einige Stunden, nach einem Jahr auf wenige Minuten. Zunächst hatten künstliches Licht in Gewächshäusern und unverderbliche Vorräte zumindest in den reichen Ländern den Ausfall kompensieren können, doch schon bald mussten die Menschen erkennen, dass nicht der gesamte Planet beleuchtet werden konnte. Eine Pflanzenart nach der anderen starb aus – und mit ihnen natürlich die Tiere, im Meer wie auf dem Land." Mein Vater seufzte und beschrieb, wie plündernde und mordende Banden durch Dunkelheit und Kälte von einer Stadt zur nächsten zogen, stets auf der Suche nach Nahrung. Kriege brachen aus, als ganze Völker nichts mehr zu essen hatten. Und schließlich aßen die Menschen einander auf.

„Der Prozess war nach dem ersten Jahr langsamer geworden, und viele dachten zu dem Zeitpunkt, dass er zum Stillstand gekommen sei. Dies verkündeten die Regierungen, wohingegen einige Wissenschaftler darauf hinwiesen, dass genaueste Messungen unmissverständlich zeigten, dass die Nächte fortschreitend länger wurden." Betrübt erklärte mein Vater, dass ein Staatenbündnis erfolglos versucht habe, mittels modernster Technologie durch riesige Spiegel im Orbit Licht auf die Erde zu lenken, denn nach wie vor schien die Sonne im All. „Nur kam nicht ein einziger Sonnenstrahl unten an. Es war, als hätte jemand sie beim Eintritt in die Erdatmosphäre verschluckt. Kein Wissenschaftler konnte jemals dieses Phänomen erklären. Wie hätten sie auch, da die meisten immer nur Tatsachen geglaubt hatten; die anderen schimpften sie Scharlatane und Schwindler." Wütend schüttelte er den Kopf.

Die Sonne sei nach etwa zwei Jahren völlig ausgeblieben und der Planet wenig später leer gewesen. „Aber er wird sich bald wieder füllen!", versprach mein Vater lächelnd. Das Leben würde zurückkehren, weil er die Erde dazu bestimmt habe, es hervorzurufen. Mit dem Menschen sei er einfach einen Irrweg gegangen, habe seinen Irrtum einen göttlichen Moment lang betrachtet, aber letzten Endes jenen Fehler korrigiert.

Er blickte traurig aus müden Augen ins Leere und sprach leise wie zu sich selbst: „Den Verstand, den ich ihnen geschenkt hatte, wussten so wenige sinnvoll zu nutzen. Die Fähigkeit zu Nächstenliebe und Milde für alle Geschöpfe wurde häufig durch Gier nach Macht und Reichtum vernichtet. Selbst in meinem Namen beraubten und töteten sie alles, was ihnen ein Mehr ihres Mammons versprach und ihren Dünkel nährte. Sie redeten und redeten und redeten davon, die Welt zu einer besseren, gerechteren zu machen." Dann sah er mich mit nachdenklichem Blick an, donnerte schließlich aber voller Zorn: „Ich wartete lange genug darauf – vergebens!"

Einen Atemzug später öffnete mein Vater seine Hände und Licht drang augenblicklich hinab in die Finsternis und überflutete sie damit.

# Sirenen

Irgendetwas an seinem Traum stimmte nicht, bildete eine Disharmonie. Was genau störte, war ihm allerdings noch nicht klar. Er versuchte es schleunigst zu lokalisieren und den Makel zu beheben, um zu der Frau zurückzukehren, mit der er gerade erotische Phantasien auslebte. Die Irritation nahm jedoch weiter zu, sodass er es schließlich aufgab, dagegen anzukämpfen. Mürrisch verabschiedete er sich von der brünetten Schönheit und wachte auf.

Sirenengeheul. Das war es also, das in die sinnliche Szene nicht hineingepasst hatte. Seine Hand tastete im Dunkeln nach dem Wecker. Viertel nach drei. Eine Unverschämtheit von der Stadt, um diese Uhrzeit einen Probealarm durchzuführen. Wie lange hielt diese verfluchte Übung denn nun schon an? Schlaftrunken wartete er auf ein Ende.

Plötzlich war es vorbei. Er stand auf und ging zur Toilette. Dann vernahm er von Neuem das Signal. Und fortan jaulte nicht nur eine Sirene, sondern mehrere schrien schrill in die Nacht hinein. Als er sich die Hände wusch, setzte der Alarm wieder aus, um eine halbe Minute später wieder anzufangen. Er erinnerte sich seiner Kindertage, als er in der Schule gelernt hatte, dass das Radio in einem solchen Fall sogleich angestellt werden sollte, um aktuelle Nachrichten zu erfahren.

In der Küche nahm er sich kalte Milch aus dem Kühlschrank und trank direkt aus der Packung. Im Hintergrund wiederholten die Sirenen abermals ihr Lamento. Jetzt reichte es ihm. „Verdammt noch mal!", murmelte er und schaltete das Radio ein.

„... alle Bürger, sich zum nächstgelegenen Luftschutzkeller zu begeben. Sollten Sie nicht wissen, wo sich dieser befindet, so wenden Sie sich bitte telefonisch an die örtliche Polizei oder Feuerwehr. Dies ist keine Übung, sondern ein Ernstfall. Wir bitten alle Bürger, sich zum ..."

Fragend blickte ihn die weiße Milch von den Bodenfliesen herauf an. Dort hatte sie sich beim Aufprall schlagartig verteilt. Sein Entsetzen starrte bleich zurück. Er rannte ins Wohnzimmer, wo der Fernseher stand.

Auf allen Kanälen berichteten die gleichen übermüdeten und bestürzten Gesichter von nur einem Thema. Aber wie konnte das sein? Im 21. Jahrhundert! Der Kalte Krieg war doch längst vorbei. Oder sollte er sich etwa täuschen? „Anscheinend irre ich mich tatsächlich, denn sonst hätte man uns nicht den Krieg erklärt", schlussfolgerte er und schüttelte dabei so heftig den Kopf, dass ihm einen Moment lang schwindelig wurde. Er ruderte mit den Armen, um sein Gleichgewicht wiederzufinden und nicht zu fallen. Ihm war nicht einmal bekannt gewesen, dass Spannungen zwischen den beiden Seiten bestanden hatten. Dabei sah er täglich die Nachrichten. Ja, gestern Abend hatte er sie noch gesehen. Kein Wort über einen Konflikt war gefallen. Alles musste ein Missverständnis sein. Er lachte kurz auf: Versteckte Kamera. Irgendjemand wollte ihm einen Streich spielen, den größten Bären aller Zeiten aufbinden. „Ein durch und durch perfekt ausgeführter, aber viel zu makabrer Scherz", dachte er nervös.

Ein Streifenwagen fuhr durch die Straße und forderte per Megaphon dazu auf, unverzüglich zum Luftschutzkeller in der Humboldtallee zu gehen. Er wusste gar nicht, dass dort ein Bunker war. Und das, obwohl er hier bereits seit über zehn Jahren wohnte. Die meisten Wohnungen waren mittlerweile ebenfalls hell erleuchtet. Aus einigen Türen traten sogar schon die ersten Nachbarn. Einer hatte nur einen Mantel über seinen Pyjama geworfen und trug einen kleinen Koffer. Das junge Paar von gegenüber zerrte seine drei zeternden Kinder hinter sich her. Und im Hintergrund dieses schreckliche Geheul, das kurzzeitig aussetzte, um dann wieder mit seinem Gebrüll die Stille der Nacht zu durchschneiden.

Während er noch unentschlossen hinabschaute, bemerkte er ein helles Licht über den Dächern der Häuser, das schnell an Intensität gewann. Einen flüchtigen Augenblick dachte er an einen Sonnenaufgang. Diese Vorstellung verwarf er aber rasch wieder, als er den schmutzig-grauen Pilz sah, der sich gierig in den Himmel fraß. Offenen Mundes und wie verzaubert glotzte er das Abbild menschlicher Unvernunft an. Er konnte es einfach nicht glauben. Das, was er sah, kannte er aus vielen Filmen und von zahlreichen Bildern, doch wirkte es so unwirklich, dass er immer noch meinte, seine Augen täuschten ihn, als ihn die künstliche Sonne umschlang und in die Dunkelheit mit sich riss.

## Fugue

„Der ist der glücklichste Mensch, der das Ende seines Lebens mit dem Anfang in Verbindung setzen kann." (Johann Wolfgang von Goethe)

Als er sie eines Morgens zum zweiten Mal in einer Woche wach klingelte, weil er seine Schlüssel erneut vergessen hatte, reichte sie ihm mürrisch den klimpernden Bund durch einen Spalt und schloss rasch wieder die Tür, um schlaftrunken zurück zum Bett zu schlurfen. Als er abends vergaß, den Müll hinauszubringen, glaubte sie an Absicht und schalt ihn, bis er endlich zur Tonne vor dem Haus ging.

Als er Achim am folgenden Tag nicht von der Nachhilfe abholte, sondern direkt von der Arbeit heimkam, wollte sie kaum seine Entschuldigungen annehmen. „In der Arbeit ist momentan so viel zu tun, dass ich nicht mehr daran gedacht habe", verteidigte er sich und fuhr eiligst los. Als Achim eine halbe Stunde später anrief und sich nach seinem Vater erkundigte, dachte sie an einen Unfall und machte sich das erste Mal Sorgen. Als sie ihn sogleich auf seinem Handy anrief, klingelte dieses einsam auf seinem Schreibtisch im Büro. Als nach einer ergebnislosen Auskunft bei der Polizei wenig später die Tür geöffnet wurde, während Achim zu Fuß nach Hause ging, konnte sie es kaum fassen, mit welcher Gelassenheit er hereinkam, seinen Mantel auszog und aufhängte, ihr einen kurzen Kuss auf die Wange zur Begrüßung gab und dann in die Küche spazierte, um etwas zu trinken. Als sie einen Augenblick später im Türrahmen stand und ihn fragend anblickte, erkundigte er sich danach, wie ihr Tag gewesen sei. Statt zu antworten, sagte sie, einen Anflug von Hysterie unterdrückend: „Wo kommst du denn jetzt her?" Sein Gesicht, das hinter der Kühlschranktür verborgen war, kam langsam hervor, und er schaute sie voller Verwunderung an. „Von der Arbeit. Woher soll ich sonst kommen?" Daraufhin nahm er eine gekühlte Flasche, setzte sich ins Wohnzimmer und begann, die Zeitung zu lesen. Möglicherweise war es tatsächlich der Stress bei der Arbeit, tröstete sie sich in Gedanken. Achim wies sie später an, seinen Vater nicht darauf anzusprechen, dass er ihn nicht abgeholt hatte, um auf seine ungewöhnliche Verfassung Rücksicht zu nehmen.

Als morgens das Telefon klingelte und er noch neben ihr lag, meinte sie, es sei bereits Samstag. Als sich jedoch sein Vorgesetzter am anderen Ende nach seinem Verbleib erkundigte, da er am selben Tag eine wichtige Konferenz zu leiten habe, wusste sie nicht mehr, wie sie es erklären sollte. Nachdem er schließlich gehetzt das Haus verlassen hatte, fühlte sie eine tiefe innere Unruhe, eine eindringliche Besorgnis, ohne diese wirklich fassen zu können. Als etwa zwei Stunden später wiederum das Telefon klingelte, erneut sein Vorgesetzter - nun allerdings weniger gelassen, sondern viel mehr mit einem leicht panischen Unterton - nach ihm fragte, wichen ihre Zweifel. Später, als er ihr sagte, er hätte einfach vergessen, dass er zur Arbeit musste, riet sie ihm, nein, befahl sie ihm, zum Arzt zu gehen.

Als sie miteinander im Sprechzimmer saßen und sie die Diagnose des Arztes hörte, den Worten dieses Mannes mittleren Alters in einem steril gehaltenen weißen Kittel lauschte, der laut Schild an seiner mattgrünen Praxistür ein Fachmann auf diesem Gebiet war, wich das flaue Gefühl ein wenig. „Eine erschöpfungsbedingte Amnesie, die mit ein wenig Ruhe rasch verschwinden wird", lautete das Fazit, das den beiden nach einem kurz ausgetauschten Händedruck aller Beteiligten mit auf den Weg gegeben wurde. Zwei

Wochen auf Kosten des Unternehmens durfte er daheim verbringen und sich erholen.

Als er jedoch nach drei Tagen Ausspannung vom Brötchenholen nicht mehr zurück nach Hause fand, sondern von zwei Beamten in sauberer schwarzer Uniform gebracht wurde, überkam sie die Angst. Als der Arzt ihr hastig durchs Telefon erklärt hatte, dass sein Verhalten keinen Anlass zur Sorge biete, weil es völlig normal sei, ein kleiner Rückschlag, ja, aber es werde sicherlich bald bergauf gehen, sie könne mit ihrem Mann gern in ein paar Tagen noch einmal in die Praxis kommen, er müsse jetzt leider dringend zu einem Hausbesuch, blieb das ungute Gefühl bestehen. Als er sie anlächelte, wie er es in den vergangenen Tagen immer häufiger getan hatte, hoffte sie, dies als Zeichen seiner Genesung verstehen zu dürfen.

Als eine Woche vorbei war, starrte er sie mittags an und fragte sie schmunzelnd, wer sie sei. Im ersten Moment meinte sie, es ginge ihm tatsächlich besser und er scherzte und alberte mit ihr. Als sie allerdings erkannte, dass es ihm ernst war, fing sie an zu weinen. Als er ihr dann mit der Hand über den Kopf strich, glaubte sie, er sei doch zu ihr zurückgekehrt. Stattdessen blickte sie in sein Lächeln und er sagte fast heiter: „Ich kenne Sie nicht!" Und als er die Haustür hinter sich schloss, wusste sie, dass er ihr Leben beendet und sein neues begonnen hatte.

# Die Zündschnur

„Haben wir eine größere Aufgabe, als die Schöpfung zu bewahren und damit die Nachwelt zu schützen? Ich kenne keine." (Richard von Weizäcker)

Wie immer saß er auf seinem Stein, starrte auf den Boden und döste glücklich vor sich hin. Die Zündschnur, die vor ihm lag, schwarz und schmal, bemerkte er nicht. Vielleicht konnte er sie nicht bemerken? Er saß gemütlich auf seinem Stein, bereits sein Leben lang.

Apathisch blickte er von Zeit zu Zeit in die Luft, um dann wenig später wieder den Fixpunkt auf dem Boden mit derselben Gleichgültigkeit wie zuvor anzuglotzen; vorbei an der Zündschnur, die sich ihm so offen präsentierte, die er dessen ungeachtet nicht sehen wollte, die er gekonnt ignorierte.

Neben ihm saßen viele andere seiner Art. Wie er saßen sie auf einem Stein, und vor allen rekelte sich die Zündschnur; aber offensichtlich wollte auch keiner der anderen sie entdecken. Es wäre keineswegs schwierig gewesen, sie zu erfassen; sie schlängelte sich an jedermanns Stein entlang, zwischen ihnen hindurch. Doch statt hinzuschauen, sahen sie einfach weg!

Viele Jahre vergingen, und es kam nun ab und zu vor, dass jemand von seinem Stein aufsprang und auf die Zündschnur deutete, seinen Nachbarn auf dieses schwarze, lange Ding aufmerksam machte. Nicht selten sogar schrie einer in panischer Furcht auf, malte sich und den anderen aus, was passieren mochte, wenn durch Zufall oder böse Absicht die Zündschnur einmal entfacht würde. Bald ängstigten sich viele und dennoch ließen sie sich rasch und gerne wieder beruhigen, setzten sich sorglos zurück auf ihre Steine, um erneut gedankenverloren auf den Boden oder in die Luft zu blicken. Nicht wenige schlossen sogar ihre Augen, mag es sein, dass sie ihr Unbehagen zerschlafen wollten oder einfach nur, um nicht mehr an ihre Umgebung erinnert zu werden.

Eines Tages allerdings saß er wie immer auf seinem Stein, starrte auf den Boden und döste mit sich und der Welt zufrieden vor sich hin, als ein kleiner Funkenregen seine Füße entlangkroch - langsam, aber stetig. Benommen schaute er der Wanderung eine Weile nach, bis er erkannte, dass es die Zündschnur war, die durch unbekannte Quellen entfacht, nun konstant an Länge verlor. Er sprang auf, seine Beine waren taub vom langen Sitzen, und alarmierte seine Nachbarn. Gemeinsam liefen sie der Spur der verbrannten Zündschnur hinterher, wobei sie allen, auf die sie trafen und die sich noch nicht erhoben hatten, vom Unglück berichteten. Viele davon blieben nichtsdestotrotz sitzen. Entweder weil sie den Alarmierenden keinen Glauben schenkten, sie als hysterische Lügner bezeichneten, oder einfach, weil sie überhaupt kein Interesse an ihrer Umwelt besaßen. Und das, obgleich auch vor ihnen die Spur der versengten Schnur lag!

Die Verfolger dagegen liefen einen ganzen Nachmittag lang bis in den Abend hinein, und als sie endlich nach Sonnenuntergang in nicht allzu weiter Ferne das helle Leuchten der Funken entdeckten, die unverdrossen an der Substanz der Zündschnur fraßen, fühlten sie ihre Erschöpfung und meinten, sich nun eine Pause gönnen zu dürfen, da das Ziel so nahe läge. Von daher setzten sie sich auf herumliegende Steine, denn am folgenden Tag würden sie die Zündschnur weiterverfolgen können - morgen war ja stets auch noch ein Tag!

Wie immer saß er auf einem Stein und begann gerade – so wie die anderen Verfolger um ihn herum - glücklich vor sich hinzudösen, als am Horizont ein einziger, unmenschlich greller Blitz aufleuchtete, dessen Zerstörung sich rasant über allen und allem ausbreitete. Und sämtliche Taten und guten Vorsätze, die es morgen hätte geben sollen, wurden mit ihm auf einen Schlag zunichte gemacht.

## Herzzerreißend

„Mancher findet sein Herz nicht eher, als bis er seinen Kopf verliert." (Friedrich Nietzsche)

Er musste kurz eingenickt sein, da die Sonne soeben über ihrem Becken aufging. Ein greller Strahl reflektierte von der bleichen Haut und blendete ihn ein wenig. Er schloss die Augen und strich sanft mit seinen Fingern über ihren nackten Oberschenkel. Nach einer Weile wanderte seine Hand langsam weiter. Zunächst ertastete sie die Hüfte und verharrte schließlich massierend auf dem Nacken.

Es fröstelte ihn und er schmiegte seinen Körper enger an sie. Vergebens. Die Kühle der Nacht hatte ihren Tribut eingefordert. Ein letztes Mal wollte er in sie eindringen, aber auch dies misslang. Wut stieg in ihm auf. Wieso war er bloß eingeschlafen? Mit zorniger Wucht stieß er von Neuem zu. Der Schmerz, der ihn durchfuhr, war himmlisch und vertrieb die Kälte. Heftig prallte sein Becken immer und immer wieder gegen das ihre. Und beide wurden hell erleuchtet. Der Heiligenschein, der sie umgab, passte zu dem göttlichen Gefühl. Er fühlte sich wie ein Star, der im Spotlight seinen Anhängern eine umwerfende Show darbot. Noch wilder wurden seine Stöße, bis sich ergoss. Laut schrie er in den Himmel hinauf, der Sonne entgegen.

Ein greller Schrei weckte ihn. Konnte es denn sein, dass sie so früh entdeckt worden waren? Aber ja, dort oben in der Krone saßen bereits ein halbes Dutzend von den schwarzen Störenfrieden. Nun würden sie keine Ruhe mehr geben. Jeglicher Genuss war dahin. Dennoch fühlte er sich insgesamt zufrieden. Und womöglich war es auch sinnvoll, jetzt aufzubrechen, um nicht von einem frühen Spaziergänger entdeckt zu werden. So etwas war stets unangenehm und konnte zu Schwierigkeiten führen. Das verdarb vollends den ganzen Spaß.

Er beobachtete sie, während er aufstand und sich anzog. Noch mehr von ihnen saßen kreischend in den Ästen und warteten ungeduldig auf sein Verschwinden. Sie hatten es auf die Augen abgesehen. Manchmal schaute er sich das Spektakel eine Weile an, wenn sie sich buchstäblich um jene schlugen. Er hatte sogar mehrfach überlegt, ob er sie ebenfalls einmal probieren sollte. Bei dem Gekeife mussten sie wohl gut schmecken. Trotzdem hatte er davon abgesehen, weil der Gedanke daran ihn letztendlich immer hatte übel aufstoßen lassen und ihm den Appetit verdarb. Beides zusammen in einem Topf? Das verunreinigte den Geschmack des Herzens. Und dann hätte er es wirklich nicht mehr essen wollen.

## Hans

„Die Jägerei ist eine Nebenform menschlicher Geisteskrankheit." (Theodor Heuss)

Der Opa von Hans war schon lange ein leidenschaftlicher Jäger. Um seinem Enkel eine Freude zu bereiten, brachte er ihm seit einiger Zeit ausgestopfte Tiere mit, die er selbst erlegt hatte. Und im Stillen hoffte er, damit auch dessen Begeisterung fürs Jagen zu wecken. Die letzten Male jedoch hatte Hans die Jagdtrophäen ohne das für ihn so einmalige Lachen aufs Zimmer getragen – das war auch dem Großvater nicht entgangen. Und während Hans früher die Sonntagsbesuche des Opas kaum abwarten hatte können, verschwand er nun häufig nach einer kurzen Begrüßung schnell wieder in seinem Zimmer.

Als an diesem Sonntag der Großvater stolz mit einem ausgestopften Auerhahn unterm Arm an der Tür schellte, öffnete nicht Hans, sondern überraschend die Mutter, um ihn hereinzulassen. Ein wenig verwundert darüber, dass es nicht Hans war, der vor ihm stand, fragte er schließlich nach kurzem Zögern: „Ist Hans denn nicht da?" Als die Mutter erklärte, dass dieser oben in seinem Zimmer sei, runzelte er mit offenem Mund verwirrt die Stirn.

Insgeheim wünschte sich die Mutter, dass der Großvater nicht noch mehr dieser Staubfänger, wie sie die Tiere nannte, mitbringen würde, doch wagte sie es nicht, ihm dies zu sagen und den Spaß zu nehmen. Auch, dass all diese Geschenke nach kurzer Zeit auf dem Dachboden landeten, behielt sie lieber für sich. Also nahm sie dem Großvater den Mantel ab und rief die Treppe hinauf: „Hans, Opa ist da!"

Während der Großvater auf seinen Enkelsohn wartete, schaute er der Mutter bei den Vorbereitungen für das Sonntagsessen zu. Den Auerhahn hatte er auf den schweren

130

Tisch im Nebenzimmer gestellt. Als er sich nun umdrehte, stand Hans schweigend vor dem toten Tier und betrachtete es. „Ist er nicht prachtvoll?", fragte der Großvater lächelnd, und seine Augen glänzten voller Stolz, einen derart seltenen, schön gewachsenen Vogel erlegt zu haben. „Freust du dich nicht? Er gehört dir!"

Als Hans seinen Opa daraufhin mit weit geöffneten Augen anschaute und dann heftig den Kopf schüttelte, erklärte sein Großvater ein wenig verärgert: „Weißt du überhaupt, wie lange ich darauf gehofft habe, einmal einen Auerhahn zu schießen? Solche Vögel sind bei uns äußerst selten geworden, und man muss schon verdammt viel Glück haben, einen zu sehen, geschweige denn, einen mit dem Gewehr zu erwischen." Hans fing lauthals an zu weinen.

„Mein Junge, ich wollte dich nicht ausschimpfen! Es tut mir leid, dass ich eben so böse geklungen habe. Es schien nur so, als ob du dich nicht über mein kleines Geschenk freuen würdest. Wein' doch nicht, Hans!", sagte der Großvater verlegen und bereute es zutiefst, den Kleinen so heftig angeschnauzt zu haben. Er hatte ihn doch lieb und wollte ihm nur eine Freude bereiten. Er kniete sich vor seinem Enkelsohn nieder, stellte den Auerhahn zu seiner Seite auf den Boden und legte die Hände auf die Schultern des Jungen: „Gefallen dir die Tiere denn nicht, die ich dir mitbringe?", fragte er. Hans, der schluchzend auf den Boden starrte, flüsterte: „Doch", und hob nun den Kopf, um seinen Großvater anzuschauen, der erleichtert lächelte. „Aber sie sind doch tot", fügte er hinzu. Da sein Opa nicht zu verstehen schien, fuhr Hans fort: „Verstehst du denn nicht?", und der Großvater schüttelte den Kopf. Hans sprach: „Wenn ich irgendwann Enkelkinder habe und ich diesen erzähle: ‚Als ich einmal jung war, da lebten in unseren Wäldern leuchtend rote Füchse mit bauschigen Schwänzen; es gab Eulen, die meistens nur nachts zu sehen waren und deshalb ganz große Augen hatten, damit sie in der Dunkelheit überhaupt etwas sehen konnten; dann gab es noch Rehe und Hirsche mit riesigen Geweihen auf dem Kopf; und auch Eichhörnchen, die die Bäume rauf und runter kletterten, um Tannenzapfen zu finden; und es gab Marder, Waschbären, Dachse und noch viele, viele andere Tiere im Wald ...'" Der Großvater lächelte verlegen, da er nicht wusste, worauf sein Enkel anspielte. Hans fuhr fort: „Was ist, wenn sie sagen: ‚Das muss eine schöne Zeit gewesen sein: Füchse, Eulen, Rehe und all die anderen Tiere, von denen du uns berichtet hast. Aber warum gibt es die denn jetzt nicht mehr?'" Hans zögerte, ließ seinem Großvater Zeit, das Gesagte zu begreifen, und fragte schließlich: „Verstehst du, Opa, was soll ich ihnen denn dann antworten?"

## Auf der Pelzfarm

„Ein Pelzmantel ist ein Friedhof auf dem Rücken der Frau." (Brigitte Bardot)

Langsam wird er verrückt. Diese Schreie machen ihn noch wahnsinnig. Still liegen, wie die beiden Neuen, kann er gar nicht mehr. Auf und ab läuft er am Gitter entlang. Stets dieselben Bewegungen: vier Schritte rechts, drehen, vier Schritte links, drehen. Fast ununterbrochen. Nur manchmal hält er kurz inne. Horcht, schnüffelt, blickt hinüber zu den beiden, die dort verwirrt und ängstlich kauern. Und dann immer wieder diese Schreie – diese schmerzerfüllten, grauenvollen Schreie, die sie alle jedesmal aufs Neue zusammenzucken lassen. Und das Warten. Auf seinen Tod, das weiß er genau. Diese ständige Panik, diese Beklommenheit, diese Enge – er kann nicht mehr! Er wünscht sich, dass sie ihn auch endlich abholen, ihn gewaltsam im Nacken packen und töten, damit dieses schreckliche Dasein ein Ende hat. Wenn er nur nicht solche Angst hätte!

Da sind sie! Der Käfig geht auf. Er drängt sich zu den beiden in die hinterste Ecke. Dennoch bekommt ihn jemand zu fassen, greift ihn hart, erfahren, unbarmherzig. Er wehrt sich dagegen mit all seiner verbliebenen Kraft. Er will leben. Er will doch nur leben! Was wollen sie von ihm? Was hat er ihnen getan? Was hatten die anderen ihnen getan? Doch er ist schwach und steif nach all der Zeit. Ruckartig wird er hinausgezerrt. Und er zappelt, schnappt wie wild nach seinem Widersacher, gräbt seine spitzen Zähne so tief er kann hinein in den ledernen Handschuh. Aber es nützt ihm nichts. Der Griff lässt nicht locker. Dann dringt etwas mit Wucht in sein Hinterteil. Er jault laut auf, beißt einen Augenblick später auf eine metallene Stange, die ihm ins Maul gestoßen wird. Ein höllischer Schmerz durchfährt ihn, lässt ihn verkrampfen. Ihm wird schwarz vor Augen, nun macht er sich nass.

„Der ist auch noch nicht krepiert. Mach' nochmal den Strom an." – „Ach was, egal. Der merkt sowieso nichts mehr, glaub' mir. Los, zieh ihm schon das Fell ab, damit wir den nächsten holen können."

Ein Schrei - ein schmerzerfüllter, grauenvoller Schrei.

## Die Lebenslinie

„Die Zeit ist schlecht, wohlan, du bist da, sie besser zu machen!" (Thomas Carlyle)

Sowohl Kassandras Oma als auch ihre Mutter hatten einst von dem Phänomen berichtet. Natürlich vertraute sie ihnen, dass sie die Wahrheit sagten. Es war ohnehin nicht schwer zu glauben, weil es reiner Logik entsprach. Das Entsetzen der beiden konnte sie sich ebenfalls leicht vorstellen.

Am Tage nach dem Attentat auf den Thronfolger war es der Großmutter bei einem frisch verliebten Pärchen als Erstes aufgefallen. Eigentlich, so erzählte sie, wollte wie üblich lediglich das Mädchen die Hand gelesen haben. Doch es neckte ihren Freund so sehr, flüsterte ihm Albernheiten ins Ohr, dass er schließlich lachend einwilligte. Sofort war ihrer Oma das abrupte Ende der Lebenslinie aufgefallen. Obgleich bei der deutlichen Ausprägung und Länge der Linie sonst keine ernsthaften zukünftigen Krankheiten zu erwarten waren, bedeutete ihr schlagartiger Abbruch einen unerwarteten Tod. Dies war etwas, das sie in dieser Paarung nicht häufig zu Gesicht bekam. Genauso wie bei allen anderen, in deren Händen sie las, nannte sie dem jungen Mann jedoch nur das Gute, das zu sehen war: seine hervorragende Gesundheit und die Fähigkeit zu großer Leidenschaft, den ausgebildeten Intellekt und vor allem den Hinweis darauf, dass er nur eine Liebeslinie besaß, demnach auch nur eine ernsthafte Bindung in seinem Leben eingehen würde. Glücklich verabschiedeten sich die beiden. Bei dem Mädchen hatte sie gelogen, denn es besaß drei Liebeslinien.

Einige Tage darauf hatte sie zufällig einen Blick in die Hand ihres Neffen geworfen und dasselbe plötzliche Ende der Lebenslinie entdeckt. Zwar zeugte sie nicht von derselben kräftigen Konstitution wie die des jungen Mannes - sie enthielt eine Insel, die eine Erkrankung bedeutete -, aber im Übrigen war die Linie ähnlich klar ausgeprägt. Sie hatte in der Vergangenheit bereits mehrfach in seiner Hand gelesen und doch war ihr dies nie aufgefallen. Sehr nachdenklich stimmte es sie, denn Derartiges übersah sie sonst nicht. Besonders nicht bei ihrer Verwandtschaft.

In den folgenden Tagen stieß sie bei mehreren jungen Männern auf eben diesen schlagartigen Abriss der Lebenslinie. Nicht alle Männer wiesen dieses Merkmal auf; nur etwa die Hälfte derjenigen, die unter 40 waren. Was dies bedeuten mochte, darüber konnte sie zu diesem Zeitpunkt allerdings nur mutmaßen.

Als einen Monat später der letzte deutsche Kaiser Russland den Krieg erklärte, wusste sie ihre Ahnung bestätigt. Und obgleich sie es bis zuletzt nicht hatte glauben wollen, bewiesen die Verluste ihre längst gewonnene Erkenntnis.

Anfang 33 machte Kassandras Mutter dieselben Beobachtungen. Diesen war Hitlers Machtergreifung vorausgegangen. Allerdings wollte sie zunächst den kleinen, nicht unsympathischen, aber recht unbedeutend wirkenden Mann nicht damit in Verbindung bringen. Der neue Reichskanzler konnte gut reden, aber das schien anfangs auch seine einzig beachtenswerte Eigenschaft zu sein. Als aber wenige Tage später Hitler seine Schergen anwies, auf Kommunisten öffentlich brutale Jagd zu machen, begriff sie, dass sie ihn tatsächlich falsch eingeschätzt hatte: Er war ganz und gar nicht harmlos. Mit dem Tod Hindenburgs wurde ihr klar, dass es von da an kein Aufhalten mehr gab. Die Wiedereinführung der Wehrpflicht und die Rheinlandbesetzung zeigten ihr unmissverständlich, dass das Land auf einen erneuten schrecklichen Krieg zusteuerte.

Während sich die Großmutter mit kläglichem Erfolg warnend an die Öffentlichkeit gewandt hatte, unterließ ihre Mutter dies, weil ihr bewusst war, in welche Gefahr sie sich brachte, wenn sie gegen Hitler und sein Regime wetterte. Frauen wie sie wurden ohnehin misstrauisch beäugt und nicht wenige verschwanden mit der Zeit spurlos.

Nun endete Kassandras Lebenslinie seit Kurzem abrupt. Und nicht nur ihre. Bei allen, in deren Hand Kassandra blickte, erkannte sie diesen Schnitt. Was er ankündigte, war ihr bereits aus den Berichten über die Vergangenheit bekannt. Aber worin lag diesmal sein Ursprung? Wenn sie in den Medien suchte, gab es zahlreiche Möglichkeiten: „Iran baut weitere Anlage zur Urananreicherung", „Klimagipfel gescheitert!", „Überbevölkerung" hieß es dort beispielsweise. Besonders diese Schlagzeilen wiesen auf etwas, das zu einer Kettenreaktion und schließlich zum Ende der gesamten Menschheit führen würde. An eine kosmische Katastrophe glaubte sie nicht. Der drohende Untergang war zweifelsohne menschengemacht.

Unser aller Schicksal, so wusste Kassandra, hängt von unzähligen Faktoren ab und ist von daher nicht unveränderlich, wie die meisten meinen. Deshalb hoffte sie inständig, dass einer der klügsten Köpfe, welche die Menschheit in ihrer Millionen Jahre alten Geschichte hervorgebracht hatte, sich irrte. Einstein soll einmal behauptet haben, dass zwei Dinge unendlich seien: das Universum und die menschliche Dummheit. Beim Universum sei er sich aber nicht sicher.

Und doch war alles, was ihr blieb, das Vertrauen in das Urmenschliche, in die Vernunft.

Sie durfte einfach nicht enttäuscht werden!

Falls eines Tages
über uns
in Büchern geschrie-
ben wird,
was werden diese
dann berichten?

Waren wir es doch,
die von allem ge-
wusst,
denen alles bekannt,
die allem gewahr –

die aber nichts dage-
gen getan,

die selbst nur
geerntet,
genommen,
geraubt,
gerodet,

getötet –

und zu wenig
gepflanzt,
gegeben,
gepflegt,
gehegt,

geschützt –

einfach um
Luxus,
Vergnügen,
Lust,
Genuss,
Spaß

zu haben

alles,
worauf wir meinten,
das göttliche
Recht

zu haben

Unser Recht als
Mensch

zu haben

und die Gier
nach immer mehr
und immer mehr
und immer mehr
Haben zu haben.

„Nichts wird die Chance auf ein Überleben auf der Erde so steigern wie der Schritt zur vegetarischen Ernährung." (Albert Einstein)

Ein besonderer Dank für die mühevolle lektorische Arbeit gilt meiner Frau Yvonne, meiner Mutter, meinen Freunden Margret Giese, Sabine Humburg und Alexandra Eichberger, meinem Kollegen Michael Mann sowie meiner Schülerin Astrid Nissen.